Kadokawa Fantastic Novels

Contents

Kadokawa Fantastic Novels
くまなの
Illustrator029
熊熊勇闖異世界
16

▶優奈 'S STATUS_
姓名：優奈
年齡：15 歲
性別：女
▶ 熊熊連衣帽（不可轉讓）
可以透過連衣帽上的熊熊眼睛看出武器或道具的效果。
▶ 白熊手套（不可轉讓）
防禦手套，防禦力會根據使用者的等級而提升。
可以召喚出名叫熊急的白熊召喚獸。
▶ 黑熊手套（不可轉讓）
攻擊手套，威力會根據使用者的等級而提升。
可以召喚出名叫熊緩的黑熊召喚獸。
▶ 黑白熊服裝（不可轉讓）
外觀是布偶裝。具有雙面翻轉功能。
正面：黑熊服裝
物理與魔法防禦力會根據使用者的等級而提升。
具有耐熱與耐寒功能。
反面：白熊服裝
穿戴時體力與魔力會自動回復。
回復量與回復速度會根據使用者的等級而提升。
具有耐熱與耐寒功能。
▶ 黑熊鞋子（不可轉讓）
▶ 白熊鞋子（不可轉讓）
速度會根據使用者的等級而提升。
根據使用者的等級，可以長時間步行而不會感到疲勞。具有耐熱與耐寒功能。
◀熊緩
（小熊化）
▼熊急
▶ 熊熊內衣（不可轉讓）
不管使用多久都不會髒。
是不會附著汗水和氣味的優秀裝備。
大小會根據裝備者的成長而變化。
▶ 熊熊召喚獸
使用熊熊手套所召喚的召喚獸。
可以變身成小熊。

技能

▶ **異世界語言**

可以將異世界的語言聽成日語。

說話時傳達給對方的內容也會轉變成異世界語言。

▶ **異世界文字**

可以讀懂異世界的文字。

書寫的內容也會轉變成異世界文字。

▶ **熊熊異次元箱**

白熊的嘴巴是無限大的空間。可以放進（吃掉）任何物品。

不過，裡面無法放進（吃掉）還活著的生物。

物品放在裡面的期間，時間會靜止。

放在異次元箱裡面的物品可以隨時取出。

▶ **熊熊觀察眼**

透過黑白熊服裝的連衣帽上的熊熊眼睛，可以看見武器或道具的效果。不戴上連衣帽就不會發動效果。

▶ **熊熊探測**

藉由熊的野性能力，可以探測到魔物或人類。

▶ **熊熊召喚獸**

可以從熊熊手套召喚出熊。

黑熊手套可以召喚出黑熊。

白熊手套可以召喚出白熊。

召喚獸小熊化：可以讓熊熊召喚獸變成小熊。

▶ **熊熊地圖ver.2.0**

可以將熊熊眼睛看到的地方製作成地圖。

▶ **熊熊傳送門**

只要設置傳送門，就可以在各扇門之間來回移動。

在設置好的門有三扇以上的情況下，可以透過想像來決定傳送地點。

傳送門必須要戴著熊熊手套才能夠打開。

▶ **熊熊電話**

可以和遠方的人通話。

創造出來以後，能維持形體直到施術者消除為止。不會因為物理衝擊而損壞。

只要想著持有熊熊電話的對象就能接通。

來電鈴聲是熊叫。持有者可藉由灌注魔力切換開關，進行通話。

▶ **熊熊水上步行**

可以在水面上移動。

召喚獸也可以在水面上移動。

▶ **熊熊心電感應**

可以呼叫遠處的召喚獸。

魔法

▶ **熊熊之光**

藉由聚集在熊熊手套上的魔力，可以產生熊熊形狀的光球。

▶ **熊熊身體強化**

將魔力灌注到熊熊裝備，就可以進行身體強化。

▶ **熊熊火屬性魔法**

藉由聚集在熊熊手套上的魔力，可以使用火屬性的魔法。

威力會與魔力、想像呈正比。

如果想像出熊的模樣，威力會變得更強。

▶ **熊熊水屬性魔法**

藉由聚集在熊熊手套上的魔力，可以使用水屬性的魔法。

威力會與魔力、想像呈正比。

如果想像出熊的模樣，威力會變得更強。

▶ **熊熊風屬性魔法**

藉由聚集在熊熊手套上的魔力，可以使用風屬性的魔法。

威力會與魔力、想像呈正比。

如果想像出熊的模樣，威力會變得更強。

▶ **熊熊地屬性魔法**

藉由聚集在熊熊手套上的魔力，可以使用地屬性的魔法。

威力會與魔力、想像呈正比。

如果想像出熊的模樣，威力會變得更強。

▶ **熊熊電擊魔法**

藉由聚集在熊熊手套上的魔力，可以使用電擊魔法。

威力會與魔力、想像呈正比。

如果想像出熊的模樣，威力會變得更強。

▶ **熊熊治療魔法**

可以使用熊熊的善良心地治療傷病。

克里莫尼亞

菲娜
優奈在這個世界第一個遇見的少女，十歲。由於母親被優奈所救而與她結緣，開始負責肢解優奈打倒的魔物。經常被優奈帶著到處跑。

修莉
菲娜的妹妹，七歲。時常緊跟在母親堤露米娜身邊，幫忙「熊熊的休憩小店」的工作，是個懂事的女孩。最喜歡熊熊。

堤露米娜
菲娜與修莉的母親。被優奈治好了疾病，此後與根茲再婚。受到優奈委任，負責「熊熊的休憩小店」等店面的庶務。

根茲
克里莫尼亞冒險者公會的魔物肢解專員。很關心菲娜，後來與堤露米娜結婚。

諾雅兒・佛許羅賽
暱稱諾雅，十歲。佛許羅賽家的次女。是個熱愛「熊熊」的開朗少女。

克里夫・佛許羅賽
諾雅的父親。克里莫尼亞城的領主。是個經常被優奈的誇張行動拖下水的可憐人。個性親民，受人愛戴。

雪莉
孤兒院的女孩。手巧的優點受到肯定，目前在裁縫店拜師學藝。接下了優奈的委託，替她製作熊緩和熊急的布偶。

泰摩卡
克里莫尼亞城的裁縫師傅。將雪莉收為學徒。

卡琳
莫琳的女兒。和母親一起在「熊熊的休憩小店」工作。做麵包的手藝很好，甚至不輸母親。

涅琳
莫琳的親戚。前往王都拜訪莫琳的時候遇見優奈，後來在莫琳的店裡負責製作蛋糕。

安絲
密利拉鎮的旅館女兒。料理的手藝被優奈發掘，於是離開父親身邊，前往克里莫尼亞的「熊熊食堂」掌廚。

莫琳
過去是王都的麵包師傅。麵包店遇上糾紛時受到優奈的幫助，此後負責在「熊熊的休憩小店」做麵包。

妮芙
原本為了在安絲的店裡工作而從密利拉鎮來到克里莫尼亞城，卻轉而到孤兒院任職。

賽諾
來到安絲的店裡工作的最年輕女性。

弗爾妮
來到安絲的店裡工作的女性，感覺就像安絲和賽諾的姊姊。

貝朵
來到安絲的店裡工作的女性，給人認真的印象。

戈德
克里莫尼亞的打鐵舖老闆。為菲娜打造了祕銀小刀。

錫林

米莎娜・法蓮格侖
暱稱米莎。將諾雅當作親姊姊般仰慕，本身也是熊熊粉絲俱樂部的會員。尊稱優奈為優奈姊姊大人。

王都

艾蕾羅拉・佛許羅賽
諾雅與希雅的母親，三十五歲。平常在國王陛下身邊工作，居住在王都。人面很廣，經常在各方面幫助優奈。

希雅・佛許羅賽
諾雅的姊姊，十五歲。是個綁著雙馬尾的好勝女孩，就讀王都的學校。雖然在校成績十分優異，實力卻還不成氣候。

芙蘿拉公主
艾爾法尼卡王國的公主。稱呼優奈為「熊熊」，非常親近她。很受優奈的疼愛，曾收到繪本和布偶作為禮物。

堤莉亞
艾爾法尼卡王國的公主。芙蘿拉公主的姊姊。就讀王都的學校，是希雅的同學。從芙蘿拉公主口中以「熊熊」之名得知優奈的事蹟，很想見見她。

加札爾
王都的打鐵舖老闆。優奈在戈德的介紹之下前去拜訪他。後來負責替優奈打造戰鬥用祕銀小刀。

精靈村落

莎妮亞
王都冒險者公會的會長。是個女性精靈，優奈與冒險者發生糾紛時會幫忙善後。能使喚類似老鷹的召喚鳥——佛爾格。

穆穆祿德
露依敏與莎妮亞的祖父。在精靈村落擔任長老。過去曾是一名活躍的冒險者。

阿爾圖爾
露依敏與莎妮亞的父親。外表看似二十出頭，是個身材苗條的男性精靈。

塔莉雅
露依敏與莎妮亞的母親。外表年輕，即使說是兩個女兒的姊姊也不奇怪。

露依敏
莎妮亞的妹妹。曾倒在王都的熊熊屋前，受到優奈的幫助。雖然很有禮貌，卻也有冒失的一面。

路卡
露依敏與莎妮亞的弟弟，八歲。非常喜歡露依敏。

貝娜
露依敏與莎妮亞的祖母。穆穆祿德的妻子。妙齡女性精靈。

拉比勒達
在精靈森林擔任守衛，是個沉默寡言的年輕精靈。莎妮亞的未婚夫。

傑德的隊伍

傑德
在擊退魔偶與前往迪賽特城時，與優奈巧遇的四人組冒險者之一，是個可靠的隊長。他認同優奈的本事，本人也頗有實力。

托亞
輕浮又愛開玩笑的男劍士。
總是被隊友吐槽，是隊伍裡的開心果。

梅爾
性格開朗，總是面帶笑容的女魔法師。雖然很喜歡熊緩和熊急，卻沒什麼機會騎乘牠們。

瑟妮雅
以小刀作為武器的冰山美人。
時常開托亞的玩笑。

拉魯滋城

雷多貝爾
在拉魯滋城頗具影響力的大商人。雖然為人精明，卻很溺愛孫女。以拉魯滋城的房子向優奈交換了繪本。

愛露卡
雷多貝爾的孫女，特色是一頭漂亮的銀髮與可愛的笑容。大約五歲。對優奈的繪本與熊熊布偶十分著迷。

▶KUMA KUMA KUMA BEAR VOL.16

　　有大海、有美食、有冒險的充實員工旅行結束以後，優奈等人回到克里莫尼亞。

　　大家一起做了押花，還去熊熊的休憩小店幫忙，然後與希雅和米莎道別。

　　回到日常生活的優奈想起以前取得的謎樣礦石「熊礦」，於是為了解開它的祕密，與菲娜一起朝矮人之城出發！兩人在途中經過的精靈村落迎接露依敏的加入，以前所未有的組合踏上旅途。

　　不只如此，優奈再次與傑德的隊伍重逢，矮人之城似乎還會發生頗有異世界風情的事件？

　　異世界熊熊女孩的悠閒可愛冒險故事，第十六集！

406 熊熊製作押花

「嗯～睡得好飽。」

我伸了個懶腰。

昨天結束員工旅行以後，我享用了提露米娜小姐親手做的料理。

然後，我一回到熊熊屋，連澡都沒洗就一頭倒到床上。因為很早就睡了，所以我今天醒得非常舒暢。

「熊緩、熊急，早安。」

我對窩在我身旁的小熊型熊緩和熊急打招呼。

「「咿～」」

熊緩和熊急起身，這麼回應我。

我跟熊緩和熊急一起洗了晨澡，然後開始一天的行程。

我吃完早餐，正在跟熊緩和熊急悠閒地休息時，菲娜與修莉來拜訪了。

「妳們怎麼來了？」

「優奈姊姊妳忘了嗎？我們今天要去諾雅大人家，把花做成叫做押花的東西。」

啊，對喔。

我完全忘了自己有答應這件事。

我本來打算在旅行結束的隔天慢慢休息，但因為米莎就快要返回錫林城了，所以我們約好早點做押花。

我站了起來，召回熊緩和熊急後前往諾雅的宅邸。

我帶著菲娜和修莉來到諾雅的宅邸，菈菈小姐便出來迎接我們，帶領我們前往諾雅的房間。諾雅、米莎和希雅三個人已經在房間裡等我們了。

「優奈小姐，我們等妳好久了。也歡迎菲娜和修莉。」

「今天非常謝謝諾雅大人的邀請。」

「謝謝。」

菲娜向諾雅打招呼，修莉便模仿菲娜打招呼。

「那麼，我們馬上開始製作吧。」

「好的！」

「嗯！」

諾雅拉著菲娜和修莉的手，帶她們到桌子前。

明明昨天才剛回來，她們還真有精神。如果她們能稍微分一點活力給我就好了。

我跟著三個充滿朝氣的女孩，來到桌子前。桌上已經放著製作押花所需的道具和花朵了。

「怎麼會有這些花？」

「因為姊姊大人和菲娜她們都有摘花，但我和米莎沒有，所以我們就拜託菈菈幫我們摘了一些庭院的花。」

「其實我有跟她們說，就算不特別準備，也可以用我摘的花來做的。」

「難得有這個機會，我覺得有各種不同的花比較好嘛。菲娜和修莉也可以選自己喜歡的花來用喔。相對地，也請讓我們用一點妳們摘的花吧。」

「好的！」

「嗯，好啊。」

菲娜和修莉爽快地答應了諾雅的提議。

我把菲娜她們在塔古伊摘的花拿出來，放到桌上。這些花也有許多不同的顏色。

「我從來沒有看過這幾種花呢。」

「諾雅對花很了解嗎？」

「不，其實沒有那麼了解。因為菈菈有時候會用花來裝飾家裡，我只是沒有看過類似的花而已。」

「我也沒有在家裡看過，但每朵花都很漂亮呢。」

不足為奇。

米莎拿起花朵。

連身為貴族的她們兩個人都沒有看過啊。也對，畢竟不同地區開的花也不同。更何況，這些花是開在移動島嶼——塔古伊的上面。塔古伊會巡迴全世界，就算開著這附近沒有的花朵，那也不足為奇。

要是開一家花店，或許很有賺頭吧——我一瞬間這麼想，但太麻煩了，所以我馬上放棄這個念頭。開花店是許多小女孩將來的夢想，但我不適合這麼可愛的工作。

而且穿著熊熊布偶裝賣花的樣子，光是想像就讓我覺得很可笑。

「優奈姊姊，妳怎麼了？」

「嗯？沒什麼啦。」

我不敢說我是因為想到自己在花朵的包圍之下工作的樣子，所以才忍不住笑了出來。菲娜或許很適合賣花的工作。我試著想像菲娜在花店中被花朵圍繞的樣子。穿著可愛圍裙的菲娜照顧著一朵朵鮮花。她比穿著熊熊布偶裝的我還要適合幾十倍。

我盯著菲娜，她便疑惑地歪起頭。

「那麼，我們開始做押花吧。」

「優奈姊姊，押花要怎麼做呢？」

「很簡單喔。我來示範，妳們看著吧。」

我拿起一朵小白花，放在布上。然後，我使用鑷子，把花瓣排列成漂亮的形狀。整理好形狀後，我蓋上另一塊布。

「希雅，幫我拿一下熨斗。」

「好。」

我接過熨斗，在布料上面按壓幾十秒。我拿開熨斗，等待花朵散熱，然後再次用熨斗按壓。重複幾次同樣的步驟後，被壓扁的花便保留了漂亮的顏色。

看到我這麼做，修莉把小小的花放到自己的手掌上。

「花被壓扁了耶。」

「接下來只要像這樣，放到畫框裡收藏，就能一直欣賞到漂亮的花了。」

我記得好像還有更瑣碎的步驟，但大概是這樣沒錯。

「希雅姊姊，熨斗只有一個嗎？」

「有三個喔。我們兩人一組，輪流做吧。」

於是，我們分成諾雅與米莎一組，菲娜與修莉一組，我與希雅一組，開始製作押花。

大家各自挑選喜歡的花朵，加工成押花。接著要排列押花，裝飾在畫框裡。

「優奈小姐，妳覺得這樣如何？」

「很好啊。」

希雅裝飾了黃色和紅色的押花。我上次做押花是在小學的課堂上，沒想到還記得做法。不過，就算做法有點不同，只要沒犯太嚴重的錯誤就沒問題。

大家各自把押花排列成喜歡的圖案。
我不知道是否需要乾燥劑，但希雅有準備，所以我們把它放到畫框內。
如此一來，每個人的押花作品就完成了。
「嗯～果然還是優奈小姐做得最漂亮。」
「沒那回事，諾雅也做得很棒啊。」
諾雅以色彩明亮的花朵為主，做成有點華麗的作品。不過，這樣的配色有種開朗的感覺，很有諾雅的風格。諾雅似乎要把這幅作品裝飾在自己的房間裡。
相對之下，米莎的押花是以色彩淡雅的花朵為主。她好像想把這副作品送給留在城市的父母。
我轉頭看著菲娜與修莉的作品。
修莉主要挑選的是大朵的花。
「不知道媽媽會不會喜歡？」
「這是修莉努力做好的，她一定會喜歡。菲娜也做得很棒呢。」
「我好想快點送給媽媽喔。」
我心裡想著：「沒有人要送給根茲先生啊～」但沒有說出口。
「希雅要送給艾蕾羅拉小姐嗎？」
「比起我的禮物，母親大人收到諾雅的禮物會比較高興，所以我要把這個送給卡特蕾亞。」

「要由我來送給母親大人嗎？」

「那樣母親大人會比較高興的。反正花還有剩，如果妳願意做，我會轉交給她的。」

「好的。那麼，我會做給母親大人。可是，請姊姊大人也一起做，當作我們兩個人送的禮物吧。」

「好啊。」

諾雅和希雅兩個人開始做起要送給艾蕾羅拉小姐的押花。

「優奈姊姊，我也可以拿去裝飾在店裡嗎？」

菲娜這麼問道。

裝飾在店裡的確是個好主意，所以我答應了。

聽到她這麼說，修莉、諾雅、米莎和希雅也說想在店裡裝飾押花。我當然也答應了她們。

她們五個人真的非常樂在其中。我帶著微笑望著她們，很慶幸有提議做押花。

「優奈姊姊不做了嗎？」

就算做了，我也沒有能送的對象。雖然也能裝飾在房間裡，但我覺得自己好像不適合這麼女孩子氣的東西。不過，裝飾熊熊布偶就已經很不適合我了。

但我的房間好歹也是女孩子的房間，放個布偶也不過分吧。

可是，光看大家做押花也很無聊。

我正在思考要做什麼的時候，腦中浮現一個住在城堡的小女孩。

送給芙蘿拉大人的話，她會高興嗎？

「既然如此，我就做給芙蘿拉公主吧。」

我拿起新的花朵，思考要做成什麼樣的押花。

我第一個想到的點子是熊，但押花總不可能做出熊的圖案。

我想了很久，但還是沒什麼好主意，於是決定做成普通的押花。

大家紛紛再次開始製作，漸漸耗盡桌上的鮮花，完成了許多作品。

407 熊熊幫忙店裡的工作

我們把做好的押花裝飾在自己的房間，或是包裝成禮物。多出來的其他押花則拿去裝飾在莫琳小姐的店或安絲的店。

諾雅等人也親手把押花裝飾在店裡，顯得十分開心。

裝飾在店裡的押花出乎意料地受到客人的好評。

從密利拉回來後過了幾天，明天米莎就要返回錫林了，所以我要跟菲娜等人一起帶她去熊熊的休憩小店，享用麵包、蛋糕和布丁。

我們想在開門營業之前就到店裡，但現場已經有幾位客人在排隊了。一想到客人如此期待我店裡的麵包和蛋糕，我就覺得很高興。

我帶著諾雅等人，從後門進到店裡的廚房。廚房裡瀰漫著麵包剛出爐的香味。我們向莫琳小姐和卡琳小姐打招呼，拿了剛烤好的麵包、布丁和蛋糕，到店裡的角落座位享用。

「真的好好吃喔。諾雅姊姊大人妳們隨時都能吃到，我好羨慕。」

「我也跟米莎有同感。」

居住在王都的希雅也點頭贊同米莎說的話。

「可是，希雅不是能在王都的店裡吃到布丁和蛋糕嗎？」

我記得艾蕾羅拉小姐和賽雷夫先生籌備的店已經開幕了。因為有熊熊擺飾，所以我不會靠近就是了。

「那家店賣得比這裡貴，所以不能常常去吃。母親大人給我的零用錢沒那麼多。」

希雅明明是貴族千金，家裡竟然是採用零用錢制度。

「我懂。父親大人也不願意給我更多零用錢，所以我不能每天都來吃。」

看來諾雅也是遵守零用錢制度。不過，這樣總比予取予求的小孩子好多了。

如果小孩子長大之後還是覺得自己想要什麼都應該如願，就會給周遭的人添麻煩。

遵守零用錢制度的話，她們便會為了節省開銷而關心城裡的物價。想到這裡，我就覺得克里夫和艾蕾羅拉小姐很懂得教育孩子。

「所以，我會拜託菈菈一週買一次這裡的布丁或蛋糕，當作點心。」

「諾雅，這樣太賊了吧。」

「就是嘛，我平常根本吃不到耶。」

希雅與米莎對諾雅發出抗議。

我一瞬間覺得菈菈小姐太寵她了，但一週一次還在容許範圍之內。每天吃是絕對不行的，不過這點程度還算是可愛的任性。

我們正在悠閒地聊天時，店裡開始熱鬧起來了。

一旦開門營業，員工就會變得非常忙碌。一開始只有幾個人的客人陸續增加，幾乎是是絡繹不絕。店內的座位馬上就客滿了，正在工作的孩子們都忙得不可開交。

這似乎是許久沒有開門營業和冰淇淋的關係。

大概兩天前，店裡開始開始販售冰淇淋。

雖然我們並沒有特別宣傳，但口碑好像很快就傳開了。

在店裡工作的孩子們都忙碌地到處奔波。

「優奈姊姊，我去幫大家的忙。」

「姊姊，我也要幫忙。」

菲娜和修莉兩個人主動表示願意幫忙，走向店內深處。我也沒道理不幫忙呢。

「抱歉，我也要去幫忙，所以妳們三個就慢慢吃吧。」

我從位子上站起來，諾雅就開口說道：

「優奈小姐，我也想幫忙。」

「諾雅？」

「既然這樣，我也要。」

「妳們兩個都要幫忙的話，我也不能不幫忙呢。」

諾雅表示願意幫忙，米莎與希雅就跟著說了同樣的話。

她們三個貴族要幫忙店裡的工作嗎？

照常理來說，我很想拒絕。她們三個人的心意讓我很高興，但我們沒有時間在繁忙的時候教她們怎麼工作。這麼說有點不中聽，但她們來幫忙反而會給員工添麻煩。大家沒有空閒關照她們，而且她們三個人又是貴族。我不知道究竟該不該讓她們工作。

「米露和這裡的其他人都是跟我一起玩過的朋友。雖然不能每天都來，但我今天想幫大家的忙。」

「諾雅姊姊大人說得對。」

「不管是洗碗還是什麼工作，我都願意做。」

「真的嗎？既然這樣，我真的會請妳們洗碗喔。」

結果我還是無法拒絕三人的好意，只好請她們幫忙店裡的工作。

我按照她們的提議，請米莎和希雅兩個人去廚房清洗碗盤或杯子等餐具。一般人根本不可能請兩個貴族來洗碗，但也只有這種工作可以交給她們了。應該說，這是她們唯一能做的工作。我總不能叫她們幫忙做麵包，而且她們不清楚店裡的菜單，所以也很難接待客人。這麼一來就只剩下最單純的洗碗可做了。

而且，她們自己也說願意洗碗了，所以我才請她們做這份工作。

洗碗是很重要的工作。只要她們兩個人幫忙洗碗，原本負責洗碗的孩子就有了空閒，可以去幫莫琳小姐做麵包、幫涅琳做蛋糕，或是做明天要賣的冰淇淋。

說到另一個貴族——諾雅，她正在跟米露一起做熊熊麵包。聽說她以前向菲娜學了熊熊麵包的做法，自己偶爾也會在家裡跟菈菈小姐一起做熊熊麵包。做熊熊麵包需要仔細地捏出臉部的造型，所以其實滿費工的。不過，諾雅做熊熊麵包的動作相當熟練。

不愧是敢說「要做熊熊麵包就交給我吧」的人。

「諾雅兒大人，您做得真好。諾雅兒大人做的熊熊麵包這麼可愛，一定很快就會賣光的。」

「那樣的話，我也很高興。」

諾雅和米露開心地聊著。

米莎和希雅一臉羨慕地看著她們，但我不能讓兩個沒有經驗的人來做麵包。

然後，莫琳小姐確認諾雅和米露做的麵包，覺得沒問題之後，她便連同自己做的麵包一起放進石窯。三座石窯正在同時烘烤麵包。莫琳小姐會用自己的眼睛確認麵包的烘烤程度。只是烤麵包的話，孩子們也會，但細微的火候控制還是比不上莫琳小姐的手藝。

「優奈，麵包出爐之後，拜託妳拿到店裡了。」

我的工作是搬運麵包。我本來想做熊熊麵包，但已經有諾雅在幫忙了，所以我變得無事可做。

我從莫琳小姐手中接過麵包，搬運到店裡。一踏入店裡，我便看到孩子們正在卡琳小姐的指示之下忙進忙出。

「戰鬥熊熊的桌子空出來之後，去整理一下！」「奔跑熊熊的桌子也拜託你們了。」

卡琳小姐掃視店內，對孩子們下達指示。

「我去戰鬥熊熊那裡。」

「那我去整理奔跑熊熊的桌子。」

兩個孩子這麼回應，毫不猶豫地走向各自負責的桌子。

要在店內稱呼特定桌子時，大家會用放在那個桌上的熊熊擺飾來區分。卡琳小姐和孩子們都已經完全掌握哪張桌子有哪隻熊熊了。所以，只要說出熊熊擺飾的名字，大家馬上就能理解。看到他們這麼做，我問：「要在桌子上標示編號嗎？」但大家都說自己已經全部記起來了，所以不需要。順帶一提，菲娜和修莉似乎也記起來了。

「咬著魚的熊熊也拜託你們了。」

孩子們按照卡琳小姐的指示，忙碌地工作。

我望向收銀檯的方向，看見菲娜打扮成熊熊的樣子，正在接待客人。

「您要熊熊麵包和沙拉麵包，再加上布丁對吧。請問要內用嗎？」「謝謝惠顧。」「披薩需要稍等一下。」「不好意思，冰淇淋是一人限購一份。」

菲娜熟練地接待客人。

「菲娜，我送新的麵包來了。」

「優奈姊姊，謝謝妳。」

菲娜把我送來的麵包陳列到架上。然後，每次有客人點餐，她就會負責接待。

修莉正在擦拭空下來的桌子，並且幫客人帶位。店裡多虧有菲娜和修莉的幫忙，所以並沒有變得手忙腳亂。廚房的工作也在諾雅等人的協助之下順利運作著。

確認店裡的情況穩定下來之後，我決定去巡視安絲的店。

安絲的店搞不好也很忙碌。

我一來到安絲的店，便看到店裡擠滿了客人。我走進店門口，聽見安絲發出哀號。

「嗚嗚，飯不夠了啦。弗爾妮小姐，飯煮好了嗎！」

「就快煮好了。」

「安絲，再來一份烤魚。」

「來，剛才的烤魚好了。」

「對了，另外還要三種飯糰套餐跟炒青菜。」

「弗爾妮小姐，飯糰就麻煩妳了。」

「沒問題。」

這家店由安絲和弗爾妮小姐負責廚房的工作，外場則有賽諾小姐和貝朵小姐。另外，妮芙小姐也來幫忙做雜務，勉強能應付現在的生意。

「安絲，妳們好像很忙，還可以嗎？」

「優奈小姐？我們沒問題的。一想到客人都很期待吃到我做的菜，我就很高興。」

安絲高興地答道。安絲的店裡並沒有小朋友來幫忙，平時有四個人就能正常運作。今天這樣的情況很罕見。而且安絲的店一過午餐時間，來客數就會減少。這邊應該還應付得來，於是我離開了安絲的店，回到熊熊的休憩小店。過了午餐時間，麵包和蛋糕的點餐頻率就會降低，所以情況漸漸穩定下來了。

「諾雅、希雅、米莎，謝謝妳們。妳們幫了大忙。」

「做麵包很好玩呢。」

「我們只有洗碗就是了。」

「光是這樣就幫上很多忙了。」

「我也想像諾雅姊姊大人一樣做麵包。」

「嗯，畢竟諾雅有向菲娜學過做法，偶爾也會在家裡做嘛。」

「我也要回家練習。」

不，就算米莎練習了，我也不知道有沒有機會讓她來店裡做麵包。

後來，為了感謝大家的幫忙，我舉辦了一場小小的餐會。諾雅做的熊熊麵包非常好吃。

然後，快樂的時光過去，米莎和葛蘭先生啟程返回錫林城了。

408 熊熊護衛希雅

米莎返回錫林城，幾天後希雅也要回到王都了，而我要擔任她的護衛。

知道我要送押花給芙蘿拉大人的希雅說：「既然如此，妳要不要跟我一起去王都呢？」雖然我也可以拒絕，但如果在希雅回到王都之後，我又馬上前往王都，就會變得好像是因為我不想跟希雅一起走，所以才拒絕。因此，雖然有點麻煩，但我決定跟希雅一起前往王都。

希雅很高興能跟熊緩和熊急一起旅行，諾雅則非常羨慕她。

「我也好想跟妳們一起去王都喔。」

雖然諾雅這麼說，但她最近不只去密利拉鎮玩，甚至一直玩到米莎回家為止。因為課業進度已經落後，所以克里夫是不可能允許她再出遠門的。

我跟希雅一起來到城外，然後召喚熊緩與熊急。

「呵呵，騎著熊緩和熊急回王都的話，我就能跟卡特蕾亞炫耀了。」

卡特蕾亞也相當喜歡熊緩和熊急。可是，自從校慶以來，我就沒再見到卡特蕾亞了。

「那麼，我應該騎哪一隻呢？」

正在撫摸熊緩的希雅這麼問道。我請希雅騎乘眼前的熊緩，我則騎乘熊急。

「熊緩，拜託你囉。」

「咿～」

「嗚嗚，牠們真的好可愛喔。去海邊的時候我就這麼想了，牠們騎起來好舒適，我好想要。如果身邊有熊緩和熊急，我就能馬上抵達克里莫尼亞了。」

希雅從王都騎來的馬被寄放在克里夫的宅邸。不論是王都的馬，還是克里莫尼亞的宅邸的馬，都一樣是克里夫的馬，所以待在哪裡都沒關係。他說下次去王都的時候，可以把馬帶回去。看來貴族就算多了一兩匹馬，似乎也覺得無所謂。

「我們要趕路，小心別掉下去了。熊緩、熊急，拜託你們囉。」

「「咿～」」

載著我和希雅的熊緩與熊急開始奔跑。事到如今，我也沒必要向希雅隱瞞熊緩和熊急的能力了，於是我加快速度。這次的速度比我護衛諾雅前往王都的時候還要快。

「優、優奈小姐，這樣不會太快嗎？」

「我已經請牠們跑慢一點了。」

「這、這樣還算慢一點？熊緩沒問題吧？」

「我會讓牠們適度休息，沒問題的。熊緩、熊急，累了就要告訴我喔。」

「「咿～」」

熊緩和熊急叫了一聲，然後莫名加快了速度。

為了縮短前往王都的時間，我請熊緩和熊急跑在遠離幹道的荒郊野外。

「優奈小姐，我們跑出幹道了。」

「沒關係，走這邊比較近。」

我能透過熊熊地圖的技能得知王都的方位，所以抄了捷徑。

載著我們的熊緩與熊急在草原上奔馳，又穿越森林，甚至跑過沒有橋的河面。因為希雅已經知道牠們能在水面上行走，所以沒什麼問題。

到了晚上，我拿出熊熊屋，準備在野外度過一夜。

一走進熊熊屋，希雅便在屋內左顧右盼。這是希雅第二次踏入熊熊屋。第一次是在塔古伊。那個時候慌慌張張的，她似乎沒有時間好好參觀熊熊屋內部。所以，她重新以好奇的眼神觀察著熊熊屋。

「雖然我聽諾雅說過，但沒想到屋裡真的有浴室。而且裡面還有熊。」

希雅在屋內到處走動，一看到浴室就說出這番感想。

「我來準備洗澡水和晚餐，妳稍等一下吧。」

「我也來幫忙。」

「我只是要在浴池裡放熱水，然後從道具袋裡拿食物出來而已，所以沒關係。」

我從熊熊石像的嘴巴放出熱水。接下來只要從熊熊箱裡拿出麵包等食物，事情就做完了。

「我等一下再帶妳去房間，洗完澡之後就快點上床睡覺吧。」

「普通人可沒辦法這樣露宿野外呢。熊緩和熊急跑得那麼快，還有裝得下這種房子的道具袋，優奈小姐真是太方便了。正常來說，大家都是裹著毛毯，睡在夜空之下。那樣當然也沒辦法洗澡。一旦請優奈小姐當過護衛，我就不會想要委託別人了呢。」

希雅抱著小熊化的熊緩，這麼說道。

熊熊屋確實很方便，但我覺得最方便的還是裝得下這麼大的熊熊屋的熊熊箱。它還能用來裝巨大的魔物，熊熊玩偶手套真的很方便。

吃完晚餐後，希雅對我這麼說道：

「優奈小姐，妳要不要跟我一起洗澡？浴室那麼大，我們應該可以一起洗吧？」

「我還要收拾碗盤，晚點再洗就好。」

我婉拒了希雅的邀請。

跟同年的希雅一起洗澡會讓我遭受精神傷害。

我瞄了希雅的胸部一眼。毫無疑問，她的尺寸比我大。

在密利拉鎮，我們是跟菲娜和諾雅等人一起洗澡，所以我不特別在意；但如果是跟希雅兩個人單獨洗澡，我一定會很在意。

要是被拿來比較，我今晚可能會淚濕枕頭。

再過半年或一年，我應該就能超越她了，所以在那之前要忍耐。

「熊緩應該也很累了，妳就跟熊緩一起洗澡吧。」

我靠著犧牲熊緩來逃避。

「既然這樣，我就跟熊緩一起洗囉。」

希雅不疑有他，帶著熊緩走向浴室。收拾好碗盤之後，我等希雅洗完澡，然後帶她到寢室。

「明天一大早就要出發了。熊緩，如果希雅睡過頭，你要叫醒她喔。」

「熊緩，拜託你了。」

「咿～」

我跟熊急一起洗澡，再跟牠一起進入夢鄉。

啪啪，啪啪。

隔天早上，熊急叫醒了我。我向牠道謝，然後起床準備早餐。

「優奈小姐，熊緩叫我起床的方式好過分喔。」

我正在準備早餐的時候，希雅搓著自己的肚子，向我走過來。

「那是因為妳沒有馬上起床啦。」

希雅說她一直跟熊緩聊天聊到很晚。什麼聊天？熊緩又不會說話。也許就像是對寵物說話吧。不過，我也會對熊緩和熊急說話，所以沒資格說別人就是了。

因為晚睡，所以希雅忍不住賴床。熊緩用溫柔的熊掌也拍不醒她，最後只好對她的肚子使出

一記重壓。

我誇獎叫醒了希雅的熊緩。

「可是，這個時間起床不會太早嗎？」

「因為我不想被別人看到熊熊屋，所以才要早點出發。」

即使這裡是遠離幹道的地方，也還是可能有個萬一。

我們吃完早餐便朝王都出發。今天也是抄捷徑，一過中午就抵達王都了。

「我真不敢相信，竟然這麼快就到了。」

「好了，我們走吧。」

召回熊緩與熊急的我走向王都的大門。守衛用奇怪的眼神看著我，但我不理會，走進王都，把希雅送到家門口。

「那麼，下次見。」

「優奈小姐，妳不去見母親大人一面嗎？」

「嗯～我等一下要去城堡找芙蘿拉大人，應該能在那裡見到她。」

我每次去城堡，都有很高的機率會遇到艾蕾羅拉小姐。

「既然這樣，如果妳有遇到母親大人，可以跟她說我已經回來了嗎？」

「沒問題。」

我向希雅道別，前往城堡。

我一如往常地通過城堡大門。我對守衛說「我馬上就會回去，不用通知國王了」，但對方說「那可不行」，然後跑著離開了。

我抵達芙蘿拉大人的房間，敲了敲門。我當然有先脫掉熊熊手套再敲。

門一打開，我便見到負責照顧芙蘿拉大人的安裘小姐。

「這不是優奈小姐嗎？歡迎。」

安裘小姐帶著笑容招呼我進房間。

一走進房間，我馬上看到芙蘿拉大人拿著筆在紙上畫圖的模樣。

「芙蘿拉大人，優奈小姐來了喔。」

「熊熊！」

一看到我，她立刻綻放笑容。我會想來看芙蘿拉大人，就是因為這張笑容。

「芙蘿拉大人在做什麼呢？」

「我在畫熊熊喔。」

芙蘿拉大人拿起桌上的紙，展示給我看。

只見紙上畫著某種黑色動物的圖案。這隻黑色的動物好像是熊。她的畫很孩子氣，非常可愛。

雖然她將來應該不會去當畫家，但從小學習畫畫是一件好事。因為可以培養藝術細胞。

「您這次也把優奈小姐畫得很棒呢。」

「嗯！」

「咦？」

等一下，我好像聽到了什麼不能充耳不聞的事。這隻黑色的動物該不會是我吧？她確實有說這是「熊熊」，但不管怎麼看都是黑色的動物。就算退一百步，假設這真的是熊好了，但我是長這個樣子嗎？

「這隻黑色的熊熊是我嗎？」

「嗯！」

芙蘿拉大人用純真的眼神表示肯定。

既然是小女孩畫的作品，差不多就是這個程度。可是，我希望她至少可以畫出人的特徵。

後來，我把押花送給了芙蘿拉大人。

「謝謝熊熊！」

「那麼我來幫您掛在房間裡。」

安裘小姐接過裝著押花的畫框，掛在牆壁上。

「熊熊，這個給妳。」

芙蘿拉大人帶著笑容，把剛才那張黑色動物（我）的畫遞給我。而我當然是這麼回應的：

「謝謝妳，我會好好珍惜它的。」

我收下畫，芙蘿拉大人便露出高興的表情。這可是芙蘿拉大人畫的作品。把它珍藏起來，過個幾年再拿給芙蘿拉大人看也不錯。

後來，我陪著芙蘿拉大人一起畫畫，艾蕾羅拉小姐就在比平常晚的時機來訪了。可是，走進房間的人只有艾蕾羅拉小姐。我沒有看到國王或王妃殿下。

我想起希雅拜託我的事，於是向艾蕾羅拉小姐轉達希雅已經回來的消息。

「是妳護衛她回來的呀，謝謝妳。那孩子玩得開心嗎？」

「她玩得很開心。我原本沒想到希雅會來。」

希雅跟露麗娜小姐一起出現的時候，我嚇了一跳。

「因為從諾雅那裡聽說去海邊玩的事，希雅也很想去嘛。對了，妳在做什麼？」

艾蕾羅拉小姐看著桌面。桌上放著紙筆，紙上畫著熊的圖案。

「優奈，妳還是一樣擅長畫畫呢。」

看到我畫的熊，艾蕾羅拉小姐脫口說出這樣的感想。我想稍微提高芙蘿拉大人的畫技，所以正在教她。

「我呢？」

「芙蘿拉大人也畫得很棒喔。這是在畫優奈吧。」

看到我旁邊的畫，艾蕾羅拉小姐這麼回答。那是我剛才從芙蘿拉大人那裡收到的畫。她為什麼會覺得這幅黑色動物的畫是在描繪我？

我在他人眼裡，該不會就是這副模樣吧？

熊熊覺得好沮喪。

409 熊熊跟兩位公主殿下一起吃冰

「對了，國王和王妃殿下不來嗎？」

如果是平常，他們總是不請自來。守衛也跑去報告了，他們應該知道我來拜訪的事。就算他們來房間露臉也不奇怪。

「我不知道王妃殿下會不會來，但國王陛下有工作，不會過來。而且國王陛下有交代我，如果有什麼好吃的食物，記得幫他留一份。」

那個國王……該不會誤以為我每次來都會帶食物吧？

就算有，我也是帶來給芙蘿拉大人吃，不是帶來給大叔吃的。

「食物？」

芙蘿拉大人一聽到食物就有了反應。這也要怪那個國王。芙蘿拉大人睜大了眼睛，似乎很期待。

嗚嗚，我有帶什麼食物嗎？

我稍微思考一下，這才想起冰淇淋。

「我有一種冰冰的點心，妳要吃嗎？」

我因為穿著熊熊布偶裝，不容易察覺氣溫的變化。如果能感覺到炎熱的天氣，我馬上就會想起冰淇淋，卻因為熊熊布偶裝，一時之間忘了冰淇淋的事。我重新觀察芙蘿拉大人，發現她身上穿著輕薄的可愛服裝。

「冰冰的點心？好吃嗎？」

「又冰又好吃喔。」

「我要吃！」

我從熊熊箱裡拿出裝著冰淇淋的杯子和湯匙。

「哎呀，優奈，那是新的料理嗎？」

「因為去海邊會很熱，所以我做了冰涼的點心。」

「我應該也有得吃吧？」

她果然要吃啊。我拿出艾蕾羅拉小姐的份，還有另外五個冰淇淋，放到桌上。

「安裘小姐，這三個是賽雷夫先生和國王跟王妃殿下的份，這兩個是安裘小姐和妳女兒的份。」

「連我女兒也有份，這樣好嗎？」

「她很珍惜熊熊布偶吧？」

「是的，她總是會跟布偶一起睡覺。」

「既然這樣，就當作是熊熊送給她的禮物吧。」

「非常謝謝妳。」

安裘小姐高興地收下了。

「這種點心放在溫暖的地方就會融化，變得不好吃，可以請妳拿去冷凍庫保存嗎？」

「我明白了。那麼，我馬上拿去冷凍庫放好。」

安裘小姐拿著冰淇淋，走出房間。我覺得自己好像忘了什麼，但應該是我多心了吧。

「好了，我們開動吧。」

芙蘿拉大人和艾蕾羅拉小姐開始享用冰淇淋。

「哎呀，真的又冰又好吃呢。」

「嗯，好好吃喔」

「而且在嘴裡融化的感覺很不可思議呢。」

芙蘿拉大人和艾蕾羅拉小姐帶著滿臉的笑容，吃著冰淇淋。

看著她們倆，我就開始想吃冰淇淋了，於是我也拿了一份出來吃。

嗯，真好吃。

我們三個人正在吃冰淇淋的時候，有人連敲都沒敲就把門打開了。我還以為是國王或王妃殿下，然而卻猜錯了。

「優奈真的來了。」

走進房間的人是芙蘿拉大人的姊姊，也就是這個國家的第一公主——堤莉亞。

我們明明有一起逛過校慶，我卻完全忘了她。我好像有答應過她，下次來城堡的時候要叫她一聲，或是替她準備食物。

所以，剛才拿冰淇淋出來的時候，我才會有種忘了什麼的感覺。

「我走在城堡裡，就聽到『熊來了』、『有熊走過去』的傳聞，所以我才猜想是優奈來了，沒想到真的在芙蘿拉的房間裡。」

堤莉亞一邊抱怨，一邊走向我們。

「而且又丟下我，自己吃起東西來了。為什麼妳有找艾蕾羅拉，卻不找我呢！」

她這麼說讓我有點不知所措。我根本就沒有找艾蕾羅拉小姐來，也沒有找國王和王妃殿下。他們都是不請自來的。我一次也沒有找過他們。

「姊姊大人，妳生氣了嗎？」

「我沒有生氣啦。芙蘿拉，那個好吃嗎？」

「嗯，冰冰的，很好吃喔。」

芙蘿拉大人帶著滿臉的笑容答道。看到這個表情的堤莉亞會說些什麼，非常容易想像。

「我也想吃。」

一如預料的話從她的口中說出。

要是堤莉亞知道冷凍庫裡沒有她的份，下次我來的時候，她一定會吵鬧。為了掩飾，我馬上裝出本來就有準備的樣子，拿出冰淇淋來招待堤莉亞。

不知道我心裡在想些什麼的堤莉亞坐到椅子上，開始吃起冰淇淋。

幸好她沒有發現我的疏失。

「又冰又好吃呢。雖然刨冰也不錯，但口感完全不一樣。」

刨冰只是在削碎的冰上淋上有調味的糖漿，跟冰淇淋完全是不一樣的東西。

「跟刨冰比起來，這個我可以吃更多。」

「會吃壞肚子的喔。」

吃太多冰淇淋可不是好事。當然了，刨冰也一樣。

「話說回來，原來我去上學的時候，其他人都可以吃到這麼好吃的東西啊。」

「我要澄清一件事，我只是想帶食物來給芙蘿拉大人吃，其他人都是擅自跑來的。我可沒有叫他們來喔。」

「話雖如此，妳卻每次都會準備所有人的份呢。」

「我只是做了很多，絕對不是為了艾蕾羅拉小姐。」

「妳也不用說得這麼無情吧。大家都很期待優奈帶來的食物呢。」

真希望他們可以體諒一下我這個帶食物來的人。

我可沒辦法每次都準備新的食物喔。

吃完冰淇淋以後，芙蘿拉大人好像還是意猶未盡。可是，一天可不能吃好幾個冰淇淋。所以，我對回到房間的安裘小姐說「請等到明天以後再給芙蘿拉大人吃」，然後把許多冰淇淋交給她。因為我而害得安裘小姐又得再跑一次冷凍庫。

堤莉亞和艾蕾羅拉小姐也有看到我這麼做，所以我只好也替她們準備了幾天份的冰淇淋。

雖然涅琳會在店裡做，但一想到冰淇淋前陣子的熱銷程度，我就沒臉去跟她拿了。

或許只能自己做了吧。

吃完冰淇淋的我們重新開始畫畫。看著我們畫畫的堤莉亞開口說道：

「那是在畫優奈吧。芙蘿拉真的很喜歡優奈呢。」

到底為什麼會覺得這隻黑色的動物是我啦！我在心中這麼吶喊。難道沒有人會教公主畫畫嗎？王室成員應該也會上藝術課吧？

「真希望妳偶爾也能畫我這個姊姊。」

「畫姊姊大人？嗯，好啊。」

芙蘿拉大人開始畫起堤莉亞。

難得國王和王妃殿下沒有來，所以我們和芙蘿拉大人一起度過了一段悠閒的時光。

「那我走了，芙蘿拉大人，我下次還會再來的。」

「嗯。」

「可以的話，請挑我在的時候來喔。」

堤莉亞提出無理的要求。

學期開始之後，假日就會比平日少。我能見到她的機率也會降低。

所以，我這麼回答：

「我盡量啦。」

我今天本來打算直接回克里莫尼亞，卻被艾蕾羅拉小姐挽留了。為了感謝我送希雅回家，艾蕾羅拉小姐邀請我吃晚餐，並在她家住一晚。

我們在晚餐的時候聊了許多關於海邊的事，希雅則把諾雅做的押花轉交給艾蕾羅拉小姐，讓她非常高興。

隔天早上。

希雅和艾蕾羅拉小姐在家門口替我送行。

「優奈小姐，妳來王都的時候，記得要到我們家拜訪喔。」

「代我向諾雅和克里夫問好。」

跟希雅和艾蕾羅拉小姐道別之後，我沒有回到熊熊屋，而是往不同的方向走去。

我在塔古伊跟飛龍戰鬥的時候有使用到祕銀小刀。更久之前在金字塔跟毒蠍戰鬥的時候也有用過。難得來王都一趟，我決定找加札爾先生維修小刀，於是前往打鐵舖。

我一如往常地引人注目，一邊聽著路人說「有熊」的聲音，一邊走向加札爾先生的店。一走進店裡，我馬上看到一尊鋼鐵魔偶。它沒有被熔掉，好好地站在店裡。別家店有招牌狗，這裡則是招牌魔偶。

我輕輕觸碰鋼鐵魔偶，然後往店內深處走去。可能是因為時間還早，所以店裡沒有客人。一陣一陣響亮的打鐵聲從深處傳來。

「請問加札爾先生在嗎～」

我一邊走向店內深處，一邊呼喚加札爾先生。於是，打鐵的聲音停止了。

「等我一下。」

我一聽到這句回應，打鐵的聲音便再度響起。然後，我在店內到處逛的時候，打鐵的聲音終於停止，加札爾先生隨後走了出來。

「是熊姑娘啊。抱歉，我剛才暫時走不開。好了，妳今天有什麼事嗎？」

「我剛好來王都辦事，想說順便來請你幫我維修小刀。難得你都願意免費替我服務了。」

我強調免費兩個字。

我把鋼鐵魔偶送給加札爾先生的時候，他說過可以免費幫我維修。

「就算妳不特別強調，我也會幫妳維修小刀的。」

「對了，加札爾先生，你是一個人經營這家店嗎？」

一個人做武器，還要看店，應該很辛苦。克里莫尼亞的戈德先生還有妮爾特小姐會幫忙，加札爾先生身邊沒有類似的人嗎？矮人的女性看起來很年輕，男性卻全都像是矮小的大叔，很難看出實際年齡。

「這個嘛，我現在是一個人。」

加札爾先生的語氣有點含糊。我也沒有深入追問。我只是一時之間有點好奇，所以沒有進一步探究。

「好了，我幫妳看看，把小刀拿出來吧。」

我從熊熊箱裡取出兩把祕銀小刀，交給加札爾先生。加札爾先生從刀鞘中拔出小刀，仔細端詳。

「看起來沒什麼問題。妳平常也有確實保養，但我還是會幫妳維修。話說回來，妳到底用它砍了什麼？」

「…………」

「哥布林，或是野狼嗎？」

「……一定要說嗎？」

如果我說飛龍，他一定會很驚訝吧。

「如果妳不想說，不說也無所謂。身為打造武器的鐵匠，我只是想知道使用者砍過什麼。我想知道究竟是因為跟弱小的魔物或強大的魔物戰鬥才變成這樣，還是跟其他武器對打所造成的。觀察過武器的狀況，我才能思考下次要怎麼做。所以，這不過是打造武器的鐵匠會提的例行問題

罷了。」

經他這麼一說，我就無法說謊，也不忍心隱瞞了。

「如果你答應不告訴任何人，我就說。」

「我不會說出去的。我剛才也說過了，這麼問不過是為了調查自己做的武器是怎麼被使用、砍過什麼東西，才會變成目前的狀態。」

我決定說實話。

「呃，我砍了飛龍。」

「……………」

「在那之前還砍過巨大的毒蠍。」

「……………」

聽到我說的話，加札爾先生交互看著手上的小刀和我。

「妳不是在開玩笑吧。」

「刀子很鋒利，一下子就切開了。像是飛龍的翅膀和脖子……」

不知道為什麼，我的語氣變得有點像是在找藉口。

「話說回來，原來妳砍過飛龍啊，真是個讓人驚奇不斷的小姑娘。對了，說到巨大的毒蠍，前不久有一群冒險者帶了一部分的甲殼過來，還引起一陣騷動呢。」

加札爾先生這麼說，似乎想起了什麼。

那群帶著巨大毒蠍甲殼的冒險者，會不會是指傑德先生他們呢？

「那些毒蠍甲殼該不會跟妳有關係吧？」

「應該吧。可是，真的有引起那麼大的騷動嗎？」

現在說謊也沒什麼意義，所以我坦白問道。

「我這裡主要是處理金屬，所以只是有用魔物皮革或素材來製作防具的熟人跟我說過。那明明只是甲殼的一部分，尺寸卻相當大，所以在這一帶掀起了話題。」

「嗚嗚嗚，原來還發生了那種事……」

「因為他們只有一部分，所以大家都吵著想知道其他部分在哪裡、是不是在那些冒險者手裡，還是在其他人手裡。那個工匠似乎有問帶著毒蠍甲殼的那群冒險者，卻沒問出詳細情形。」

傑德先生和其他冒險者好像都有遵守約定，替我保守祕密。

「沒想到事情竟然跟妳有關係。」

「我只是碰巧遇到必須打倒毒蠍的情形，不是自願要對付牠的。所以，我就把甲殼送給一起行動的冒險者，當作是封口費……」

「就是因為這樣，那些冒險者才會隱瞞取得甲殼的理由和其他部位的去向吧。」

加札爾先生恍然大悟似的點點頭。

「話說回來，光是巨大毒蠍的事就很令人驚訝了，還有飛龍啊。」

「飛龍也只是碰巧遇到才不得不打的。」

為了保護菲娜她們，也為了不讓飛龍跑到密利拉鎮，我才會戰鬥。我並沒有主動找上牠們。

「總而言之，我了解情況了。我進去保養一下，妳等著吧。」

加札爾先生帶著祕銀小刀走向深處。

話說回來，我完全沒想到毒蠍的事情會引起那麼大的騷動。照這個情況看來，剩下的毒蠍素材也不能輕易賣出了。

算了，到時候只要請克里夫或國王來收購就好。

410 熊熊用巨大的蛋來做布丁

「弄好了。」

完成維修的加札爾先生把祕銀小刀還給我。

「雖然妳說妳跟飛龍和大型毒蠍戰鬥過，但沒什麼大問題。看來妳的使用方式很正確。」

感覺好像被誇獎了，我覺得很高興。畢竟，要是因為使用不當而使刀刃缺角或是斷裂，那就太對不起替我打造祕銀小刀的加札爾先生了。

不過，武器也是消耗品。它們總有一天會壞掉，再也派不上用場。可是，只要好好使用，加札爾先生應該也會包容的。

「對了，妳以前說過要調查在礦山取得的礦石，已經去過矮人之城了嗎？」

我一時之間沒聽懂他在說什麼，但又馬上想了起來。

為了取得祕銀，我打倒了魔偶。當時我還拿到一種名字很蠢的礦石，叫做熊礦。我請加札爾先生看過，卻沒能得知詳細的資訊。

所以，加札爾先生告訴我，去矮人之城或許就能查出什麼。

不過，既然叫做熊礦，那就一定是我專用的道具。所以，我心裡總覺得「就算是熟悉礦石的

矮人，應該也不會知道吧」，才會一直擱置這件事。

而且取得熊礦以後，我去了米莎的生日派對、去精靈森林，還去參加校慶，甚至前往沙漠與海邊，一直都很忙碌。熊礦因此而閒置在熊熊箱裡面。

「因為發生了很多事，我還沒有時間去。」

老實說，我幾乎是完全忘記了。

重新回顧自己的行為，我發現自己以前明明是個家裡蹲，卻做了不少事。

不過，現在我有時間，而且就算查不出熊礦的事，也可以去矮人之城逛逛。

我隨手從熊熊箱裡把熊礦拿了出來。

奇怪？它本來是這種顏色嗎？

在我的記憶中，它是有點奇怪的圓形礦石。而它變成了純白色。我拿出另一個礦石，同樣是純白色。

它以前絕對不是這種顏色吧。

我試著用技能來確認。

熊礦，神祕礦石。

名稱和說明都沒有變，這確實是熊礦沒錯。

「看起來好像跟以前不一樣。」

「嗯，從那時候開始，我一次都沒有從道具袋裡拿出來，但這確實是我以前拿到的礦石。」

加札爾先生拿起熊礦。

「真是不可思議的石頭。」

我並不像加札爾先生那麼驚訝。因為這是熊礦嘛，不管發生什麼事都不奇怪。

「我真想把它敲破，好好調查一番。」

「敲破是最終手段。我對這種石頭有點好奇，不敢隨便敲破或是磨碎。」

熊礦恐怕是非常稀有的礦石，很有可能再也無法取得。要是把它破壞掉，變得無法使用，我就傷腦筋了。

「這麼說也有道理。既然如此，或許還是要找師父才能得知詳細情形吧。」

對了，加札爾先生好像說過，他和戈德先生的師父就住在矮人之城。

「師父說他以前曾經環遊世界，見識過各式各樣的礦石。所以，他可能會知道。」

既然有那樣的人，去見個一面或許也不錯。就算查不出熊礦的事，搞不好也能得到其他的情報。

可是，好不容易取得熊礦，我也想查出它的真面目。這就是遊戲宅的天性。

而且，反正我現在很閒。

「如果妳要去矮人之城，代我向師父問個好。」

我詢問加札爾先生的師父叫什麼名字，然後離開打鐵鋪，回到熊熊屋。

直接回到克里莫尼亞會引人懷疑，所以我決定打發一段時間再回去。

我打發時間的方式就是打掃王都的熊熊屋。

可是，一個人打掃就太寂寞了，所以我召喚了小熊化的熊緩與熊急。

「你們兩個來幫忙打掃吧。」

「「咿～」」

我把抹布交給熊緩和熊急，拜託牠們打掃地板。

熊緩和熊急一下子在地上翻滾，一下子拿著抹布擦拭地板。

我把地板交給熊緩和熊急，自己則去收拾棉被。然後，我前往精靈村落的神聖樹，在熊熊屋外面曬棉被。在神聖樹這裡曬棉被，就不會被別人看到了。只有露依敏一家人可以進入神聖樹的結界之中。

我把密利拉鎮的熊熊大樓和旅行用的棉被都集中起來，全部拿去曬。因為有熊熊箱，回收起來也很簡單。要是沒有熊熊箱，我就得一張一張搬了。熊熊箱真的很方便。

精靈村落的天氣很好，非常適合洗衣服。我把所有熊熊屋的棉被都拿出來清洗，然後曬乾。

我結束洗衣與打掃的工作，帶著熊緩和熊急前往神聖樹下。然後，我把熊緩和熊急變回原本的大小，靠在牠們身上睡午覺。

到了傍晚時分，我醒了過來，趕緊收拾洗好的棉被。

回到克里莫尼亞的我拜託卡琳小姐、涅琳、菲娜和修莉，以及在「熊熊的休憩小店」工作的孩子們在下次休假的時候到店裡集合。

前往矮人之城以前，我有一件早就想做的事。

「優奈姊姊，妳找大家來，到底要做什麼呢？」

「因為我拿到了有點稀奇的蛋，所以想拿來跟大家一起做布丁。」

「稀奇的蛋嗎？」

「鏘鏘～」

我這麼喊道，同時從熊熊箱裡拿出巨大的蛋。

這是我在迪賽特城拿到的巨大鴨蛋。

「…………」

「…………」

「…………」

奇怪？就算看到這麼大的蛋，孩子們還是沒什麼反應。

「大顆的蛋該不會一點也不稀奇吧？」

可是，連普通的蛋都很稀奇了，應該沒有那回事吧？

「這是蛋嗎？」

「咦～騙人～世界上哪有這麼大的蛋嘛～」

「一定是有很大的咕咕鳥吧。」

「你不知道嗎？這是龍的蛋啦。聽說龍很大，所以這一定是龍的蛋。」

「我從來沒有看過龍耶。」

孩子們看著鴨蛋，開始議論紛紛。

可是，他們說的龍是指飛龍嗎？還是像遊戲裡的火龍之類的凶猛魔物？

「優奈姊姊，這真的是蛋嗎？」

「真的好大喔。」

菲娜用不敢相信的眼神看著鴨蛋，修莉則用手指戳了幾下。

「這不是龍蛋，也不是巨大咕咕鳥的蛋。這是一種在湖面上游泳的大鳥生下來的蛋。」

「大鳥？」

「嗯～大概有這麼大吧？」

我張開雙手，試圖形容那種鳥的大小。

「世界上有那麼大隻的鳥嗎？」

「既然這樣，如果我們幫這顆蛋保溫，就會孵出很大的鳥嗎？」

「嗯～不是親鳥來孵的話，應該沒辦法吧？而且如果沒有像湖那麼大的水池，可能沒辦法養。」

「優奈姊姊，我可以摸嗎？」

「我也想摸。」

「可以啊。可是它很重，小心一點喔。」

孩子們小心翼翼地觸摸蛋，或是拿到手上。

「好重，而且好大。」

「真的很重耶。」

「接下來換我。」

「我也想拿拿看。」

孩子們輪流拿起巨大的蛋。

看到孩子們用小小的手拿著大大的蛋，我就不禁擔心蛋會掉到地上。

「大家要輪流喔。不用急，蛋不會跑掉的。萬一把蛋弄破就麻煩了，要小心喔。」

不過，包含菲娜和修莉在內也只有八個人。蛋總共有兩顆，所以孩子們不會互搶。

「優奈小姐，這真的是蛋嗎？」

卡琳小姐看著孩子們手上的蛋，這麼問道。

「這是蛋沒錯。」

「原來世界上還有那麼大的鳥啊。」

「如果是小孩子，好像還能騎到牠的背上喔。」
「既然這樣，人可以騎著鳥在天上飛嗎？」
卡琳小姐身旁的涅琳用閃閃發光的眼神問道。
「嗯～有人騎在背上就不能張開翅膀了，我想應該沒辦法。」
有人跨坐在背上，鴨子就無法張開翅膀了。
可是，如果是坐在脖子根部，也許可以吧？
「真可惜。」
涅琳和卡琳小姐露出遺憾的表情。
看來她們很想在天上飛翔。
「那麼，我要用這種蛋來做布丁，大家可以幫忙嗎？」
「好～」
「嗯。」
孩子們把蛋放回桌上。
「可是，要怎麼把蛋打破？」
「這個很大耶。」
「用手抓不起來。」
這種蛋不像咕咕鳥的蛋，輕輕敲就能弄破。

「而且好硬喔。」

它無疑比咕咕鳥的蛋還要硬。

我曾在電視和網路上看過，鴕鳥的蛋要用鎚子之類的堅硬工具來敲出一個洞，把裡面的蛋液倒出來。所以，我從熊熊箱裡拿出事先準備好的鎚子。

「我要用這個來敲。」

「用鎚子敲破嗎？」

「正確來說是敲出一個洞。我也是第一次，所以不確定這麼做對不對。」

這個世界或許存在不同的方法，但我不知道，所以只好用鎚子來開洞。

熊熊玩偶手套的嘴巴咬著鎚子。然後，我輕輕敲了幾下，蛋卻沒有破。我再稍微用力一點，就把蛋敲出了裂痕。

「裂開了？」

「就快敲破了。」

我再輕敲一次，蛋殼便破了一個洞。

「誰來拿個盆子讓我裝蛋。」

「好。」

我接過盆子，把蛋液從洞裡倒出來。可是，倒的時候不太順利，使得蛋黃破掉了。

「啊，蛋黃破掉了。」

看到破掉的蛋黃，孩子們露出失望的表情。

嗯～我本來想把完整的蛋殼拿去給其他的孩子看，所以只有敲出一個小洞，這似乎是個錯誤的決定。

我在另一顆蛋的殼上敲出更大的洞，倒出完整的蛋黃，孩子們便發出歡呼。

「好大喔。」

「大隻的鳥就是從這裡面孵出來的吧。」

「我也好想看看那麼大的鳥喔。」

我是很想給孩子們看看，但又無法帶他們去那裡，所以恐怕不行吧。雖然可以從熊熊傳送門把鳥帶過來，但也沒辦法飼養。

還有一個方法就是拿來食用，但我不太想那麼做。

「那麼，我要把它攪散了。」

我把蛋黃戳破，孩子們便遺憾地說出「啊～」、「破掉了」等感想。

反正終究要攪散，就算得到完整的蛋黃，結果也一樣。

不這麼做就沒辦法做布丁了，所以我也無可奈何。

「好了，你們不是要幫我嗎？把蛋攪散吧。另外也不要忘了準備道具和布丁杯喔。」

我們分工合作，開始用鴨蛋來做布丁。

一般來說，鴕鳥蛋似乎是雞蛋的二十倍左右。一顆雞蛋可以做兩個布丁，相當於鴕鳥蛋的大鴨蛋有兩顆，所以能做八十個布丁。

這是最單純的計算方式。可是，就算分量有點出入，要做出送給孤兒院孩子與其他親友的數量還是綽綽有餘。

然後，在大家的協助之下，我完成了大量的布丁。我試吃了一個布丁，味道很香濃，跟咕咕鳥的蛋不太一樣。

我前往孤兒院、安絲的店和諾雅的家，分送用鴨蛋做的布丁。大家都對布丁的味道很驚訝，看到我一起帶去的鴨蛋殼就更驚訝了。

下次就帶咕咕鳥蛋做成的布丁去拜訪卡麗娜好了。

411 熊熊對提露米娜小姐坦白祕密

順利用巨大的蛋做完布丁之後，我本來打算去矮人之城，但又想起另一件在意的事。那就是塔古伊。

所以，我今天要去邀請菲娜，一起前往塔古伊。

我一大早就來到菲娜的家，邀請菲娜。

「今天也只找姊姊？」

我邀請了菲娜，修莉就用寂寞的表情開口說道。我的確常常單獨帶著菲娜出門，讓修莉留下來看家。從修莉的角度來看，我們或許常常丟下她，兩個人一起跑出去玩。

「我也想一起去。」

請不要用這麼悲傷的眼神看著我。如果是要騎著熊緩與熊急出門，我就會一起邀請她，可是這次是要使用熊熊傳送門前往塔古伊之島。如果要帶修莉一起去，就等於是要告訴她關於熊熊傳送門的事。

嗯～該怎麼辦呢？

「不行嗎？」

修莉一臉難過地低下頭。菲娜溫柔地擁抱了傷心的修莉。

「優奈姊姊，我今天想跟修莉一起看家。」

「姊姊……」

拆散這對融洽的姊妹就太可憐了，而且修莉並沒有把上次去塔古伊的事情告訴任何人。她不是那種大嘴巴的孩子。我下定決心。

「……好吧。修莉也可以一起去，可是要跟我約定一件事。」

「約定？」

「嗯，去那裡要保守一個祕密。我希望妳對堤露米娜小姐和根茲先生也要保密。」

如果要說出熊熊傳送門的事，就需要下封口令。

「也不能跟媽媽說嗎？」

「嗯，對爸爸媽媽都要保密。」

我把熊熊玩偶手套放在嘴巴上，擺出請保密的姿勢。這時有人對我說話了。

「哎呀，妳們好像在聊什麼有趣的話題呢。」

「…………」

不該聽到的聲音從我的身後傳來。我緩緩回過頭，便看到堤露米娜小姐。

「優奈，有什麼事是對我也不能說的呢？」

堤露米娜小姐用笑容看著我。

「………」

聽說人受到驚嚇就會發不出聲音，原來是真的。

「媽媽，呃……這是因為……」

菲娜試圖說明，卻支支吾吾地說不出話來。

「堤露米娜小姐怎麼會在家？妳不是要工作嗎？」

「我今天把事情交給莉滋小姐去辦，留在家裡整理庭院。我原本以為妳只是來家裡拜訪一下，聽著妳們說話就聽到妳說要瞞著我出門的事。我身為母親可不能假裝沒聽見，所以就走出來了。」

我以為她去孤兒院做咕咕鳥蛋的工作了，沒想到是待在庭院。

身為一個孩子還小的母親，聽到別人要瞞著她帶女兒出門，難免會擔心。

「我不反對妳帶她們出門。可是，我這個做媽媽的人總是會在意祕密這種字眼。優奈，妳應該不會想叫我的女兒去做壞事吧？」

堤露米娜小姐拿出母親的威嚴，用認真的眼神問道。

「我沒有叫她們做壞事啦。」

「既然這樣，為什麼要對我和根茲保密？」

「我的意思不是只瞞著妳和根茲先生，是對任何人都要保密啦。」

關於熊熊傳送門的事，我不能輕易向別人透露。

以後可能會惹來麻煩。

「我是很相信妳，但這件事連對我也不能說嗎？」

「…………」

我開始思考是否要向堤露米娜小姐坦白傳送門的事，但她不給我時間考慮。

「菲娜，妳們真的沒有做壞事吧？」

「嗯，真的沒有。」

「既然這樣，應該可以告訴我吧？」

堤露米娜小姐注視著菲娜的眼睛。

「這……」

菲娜既想遵守跟我的約定，又被母親逼問，成了夾心餅乾。菲娜交互看著我和堤露米娜小姐，最後不禁低下頭。

「菲娜……」

再這樣下去，她們母女之間就要產生鴻溝了。

「堤露米娜小姐，妳就別再逼問菲娜了。因為這件事關係到我的祕密，所以我才會拜託菲娜保密。菲娜只是想遵守跟我的約定而已。」

「優奈的祕密……？」

「如果被別人知道，我會有點困擾的。」

堤露米娜小姐注視著我和菲娜。

「……唉，好吧。菲娜也別露出那種表情了，是媽媽不對。妳只是想幫優奈保守祕密對吧。」

堤露米娜小姐溫柔地微笑，把手放在菲娜的頭上。

「媽媽……」

「優奈，妳們真的不是要去做什麼不好或危險的事吧？」

「我可以對神（熊）發誓。」

可是，我實在不忍心再叫菲娜繼續瞞著堤露米娜小姐。我作好覺悟。

「堤露米娜小姐，我會說明的，可以請妳現在來我家一趟嗎？」

「優奈姊姊？」

菲娜露出驚訝的表情。我已經不能再瞞下去了。要是繼續讓菲娜說謊，我會過意不去。而且那樣一來，我也很難再像以前一樣邀請菲娜了。

「可以嗎？我確實很想知道妳的祕密，但那不是不能對別人說的事嗎？」

「考慮到今後的事，我覺得還是告訴妳比較好。而且我不忍心叫菲娜繼續隱瞞，也打算告訴修莉。所以，只要妳答應不告訴別人就好。」

如果她們母女因為這次的事情而產生嫌隙，甚至感情變差就糟糕了。

「既然是妳這個救命恩人的請求，我會保密的。真的可以嗎？」

「只要妳願意保密就沒問題。」

「我知道了。我對神(熊)發誓，絕不告訴別人。」

堤露米娜小姐半開玩笑地這麼說。我們也不禁笑了出來。

我帶著堤露米娜小姐、菲娜和修莉前往熊熊屋。

「可是，明明只是要聽妳說明，為什麼要特地去妳家呢？」

「請妳親眼看過比較快，而且就算用說的，妳應該也不會相信。」

「我開始有點緊張了。因為優奈的祕密太多了，真不知道我究竟會聽到什麼。」

堤露米娜小姐擺出孩子般的興奮表情。

我有那麼多祕密嗎？

家人、出身地、熊熊服裝、強度、錢、料理的食譜、治療魔法、熊熊召喚獸、熊熊電話……

這麼一想，我的確有一堆祕密。堤露米娜小姐至今都沒有深入追問，或許就是考慮到我的感受吧。

我帶著堤露米娜小姐、菲娜和修莉回到熊熊屋，進入放著熊熊傳送門的房間。

「好大的一扇門。不過，竟然連門都是熊的造型。這個房間怎麼了嗎？」

「呃，堤露米娜小姐，妳覺得這扇門裡面連接著什麼地方呢？」

「什麼地方？不是隔壁房間嗎？」

因為熊熊傳送門是靠牆擺放，所以堤露米娜小姐以常識來回答。正常人根本不會覺得這扇門

連接著密利拉鎮或王都。

「這扇門是一種魔導具，連接著設有同樣的門的地方，只要打開門就能前往遙遠的地點。」

聽完我的說明，堤露米娜小姐先看了菲娜一眼，再用認真的表情看著我。

「……妳不是在開玩笑吧。」

我點點頭。

「我一直都覺得妳是個非常神奇的女孩子，沒想到超乎我的想像。那麼，這扇門會通往哪裡呢？」

「我去過的地方也設置了同樣的門，例如王都或密利拉鎮。妳想去哪個地方看看嗎？」

「既然這樣，就去密利拉鎮吧。」

我一邊想像密利拉鎮，一邊打開門。門的另一頭連接著密利拉鎮的熊熊大樓，這個房間位於我房間的隔壁。我走到隔壁房間，打開窗戶。窗戶的外頭是一片湛藍的大海。

這裡是舉辦員工旅行時去過的海邊。

「是海耶～～」

修莉看著窗外的大海喊道。

「雖然我不覺得優奈在說謊，但親身經歷這種事，我真不知道該說什麼才好。菲娜早就知道了吧。」

「嗯，對不起。」

「是我拜託菲娜不要說出去的，妳別罵她。」

「我不會罵她的。而且，幸好她是個信守承諾的孩子。如果她隨便洩露別人的祕密，我反而會生氣。」

堤露米娜小姐撫摸菲娜的頭。

「媽媽……」

菲娜高興地對堤露米娜小姐微笑。家人之間也是會有祕密的。可是，我不希望菲娜和堤露米娜小姐的感情因為我而變差。

「不過，這種感覺有點像是菲娜選擇了優奈，而不是身為母親的我，讓我覺得有點傷心呢。這就是孩子開始獨立的徵兆嗎？」

「嗚嗚～媽媽……」

菲娜一臉害臊。

「可是，這麼一來就解開許多謎團了。我每次問菲娜：『妳去了哪裡？』她有時候都會說得很含糊。」

「因為我不能說自己去了王都嘛。」

看來我給菲娜添了不少麻煩。可是這麼一來，菲娜和堤露米娜小姐之間的疙瘩就消失了。今後菲娜就不必再說謊，可以對堤露米娜小姐坦白許多事了。

接著，我帶著大家移動到王都。一走到屋外，堤露米娜小姐的第一句話就是：

「妳在王都的家也是熊呀。」

堤露米娜小姐看著王都的熊熊屋。克里莫尼亞、密利拉、王都、精靈村落、塔古伊之島等各種地方都有熊熊屋。這就表示我去過各式各樣的地方。

「媽媽，那裡有城堡喔。」

菲娜伸手指出的方向有國王所居住的城堡。

「我真是不敢相信。這種事確實沒辦法對別人說呢。菲娜和修莉也要遵守約定，不能把這件事說出去喔。」

「也不能跟爸爸說嗎？」

修莉這麼問道。對喔，還有根茲先生的存在。我並不是忘了他，只是偶爾會忽略他的存在。

「可以的話，我希望妳們能瞞著他。」

「好吧，就把這件事當作我們女生之間的祕密。」

「好的。」

「嗯，女生之間的祕密！」

我很高興她們願意保密，卻隱約覺得根茲先生有點可憐。

後來我們在王都觀光了一陣子才回到克里莫尼亞。

而回家的時候——

「這身熊裝扮果然很引人注目。」

堤露米娜小姐很感慨地對我這麼說道。

412 熊熊繞行塔古伊一圈

我向堤露米娜小姐和修莉坦白熊熊傳送門的祕密之後，隔天重新帶著菲娜和修莉，使用熊熊傳送門來到塔古伊之島。

保險起見，我用探測技能確認四周，但沒有魔物的反應。我召喚了熊緩與熊急。從位於塔古伊的熊熊屋走出來，修莉便開始四處張望。

「優奈姊姊，這裡就是那座會動的島嗎？」

「對啊。」

「沒有魔物了嗎？」

修莉有點不安，挨在熊急身邊。

「已經沒有魔物了，放心吧。而且，萬一遇到什麼危險，熊緩和熊急會通知我們的。」

「「咿～」」

熊緩和熊急叫了一聲，彷彿在說「交給我們吧」。或許是因此而放心了，修莉臉上不安的表情已經消失無蹤。

「那我可以去摘水果嗎？」

對了，上次來的時候，我們說過要帶水果回去當伴手禮，卻因為魔物出現，所以沒有機會去摘。

「我們等一下就摘水果，帶回去給堤露米娜小姐吃吧。」

「嗯！」

我也想摘些香蕉帶回去。反正還有冰淇淋，就做個香蕉聖代來吃好了。

「優奈姊姊，我們來這座島要做什麼呢？」

「我想稍微探索一下。因為上次來的時候發生很多事，沒有機會調查。我想應該很安全，但妳們兩個人都不可以離開熊緩和熊急身邊喔。」

姊妹倆乖巧地點了點頭。

我們來到有著庫琉那·霍克之書的石碑附近。我對石碑灌注魔力。石碑發出光芒，就像上次一樣，庫琉那·霍克之書出現了。

「妳要看書嗎？」

「我現在沒有要看，但可能會用到它。」

如果遇到什麼不懂的事，我打算查閱這本書。我玩遊戲的時候不會看說明書的性格好像也顯現在這種地方了。我並不討厭看書，但我習慣先玩遊戲，遇到不懂的事情再查說明書。而且現代的遊戲都有教學模式，不會另外附說明書。

於是，取得庫琉那·霍克之書的我們朝著與上次相反的方向走去。

塔古伊的頭部附近，也就是有庫琉那·霍克之書的石碑附近是一處高聳的懸崖。而且，朝著與頭部相反的方向走去，懸崖就會漸漸降低。我們第一次登上這座島的地點也是在懸崖較低的位置。

「這裡離密利拉鎮有多遠呢？」

菲娜看著大海，開口問道。

我也跟菲娜一樣，望向大海。眼前是一道水平線，一座島也看不到。四周只有海浪的聲音。

我很想回答菲娜的疑問，但自己也沒有答案。我使用熊熊地圖的技能，但一片漆黑的地圖上只有我們現在的位置是亮的。地圖不能縮小，所以我無法檢視世界地圖。因此，我不知道塔古伊目前正在什麼地方移動。

航海士或許能靠太陽的角度來辨別方位，但可惜我並沒有這方面的知識。

這裡究竟是什麼地方，只有塔古伊知道。

而且如果能看到世界地圖，我就少一個樂趣了。

以遊戲來形容，這種感覺就像是新開放的地區一口氣增加了。光是想像未知的土地，就讓我的內心充滿了期待。如果有機會經過未知的土地附近，我很想過去探索看看。

「風好舒服喔。」

菲娜和修莉的頭髮與裙子都隨風飄逸。我看著自己。穿著布偶裝的我沒有裙子，頭髮也不會飄逸。我不禁心想，身為一個女生，我這樣真的好嗎？雖然並不是穿了裙子就算女生，但跟菲娜比起來，我的女人味就是差了一截。

不論如何，為了感受風，我取下熊熊兜帽。四周確實吹著舒適的風。可是，一旦取下兜帽，我便感覺到強烈的陽光。

「妳們兩個不會熱嗎？」

「我不會。」

「不會啊。」

跟我這個總是窩在涼爽房間裡的虛弱阿宅比起來，菲娜和修莉似乎強壯多了。

在海邊玩的時候，我也覺得陽光對一個原本足不出戶的人來說實在是太毒辣了。要是沒有熊熊裝備，我肯定活不下去。

可是，我真該讓菲娜和修莉戴個帽子的。

她們或許很適合草帽。

不知道哪裡有賣？

享受過海風吹拂的我們朝著塔古伊的後方走去。四周的風景跟另一側沒有什麼差別。一邊是海，另一邊是森林。中央有一座小山，上面有塔古伊的第二張嘴巴。

「優奈姊姊，那裡有路耶。」

正如修莉所說，有一條路通往森林裡面。可是，我今天的目的是繞行塔古伊之島一圈，所以不打算逛別的地方。

「優奈姊姊，那是什麼？」

我們沿著下坡前進，菲娜便伸手往前一指。前方有一座跟庫琉那．霍克之書的石碑很類似的石碑。

我記得這附近是……

我開始翻閱庫琉那．霍克之書。

嗯，沒錯。這裡就是書上寫說可以在緊急時刻逃離島上的地方。這座石碑好像也已經閒置很久了，所以我用水魔法把上面的髒汙沖掉。

我看看，上面寫了什麼呢？

『緊急逃生處』。

這裡果然就是庫琉那．霍克之書所寫的地方。

『逃離這座島的方法：漩渦每隔一段週期就會減弱。在那個時候觸碰石碑，並呼喊解除，船便會出現。』

船會出現是什麼意思？

「優奈姊姊，我可以摸嗎？」

修莉似乎很想觸碰石碑。可是，她遵守我的叮嚀，並沒有擅自行動。

「嗯～畢竟不知道會發生什麼事，所以還是我來吧。妳們兩個人待在熊緩和熊急身邊吧。」

「嗚嗚，我好想試試看喔。」

「優奈姊姊，請小心一點。」

菲娜牽著修莉的手，移動到熊緩和熊急身邊。確認她們安全後，我觸碰石碑，並呼喊「解除」。這個瞬間，海岸邊出現了一艘船。

「是船耶～」

海岸邊出現的是一艘中型船，大約能承載二十個人左右。這艘船出現的同時，石碑上也出現了一條繩子，固定著船。只要解開繩子，似乎就能把船開出去了。

這好像就是庫琉那．霍克準備的緊急逃生船。

「優奈姊姊，船晃得好厲害。」

正如修莉所言，船身正隨著海浪與漩渦搖晃。雖然繫著繩子，但要是再這樣下去，船會壞掉的。

既然能變出船，應該也能把船收起來吧。我觸碰石碑，抱著讓船恢復原狀的念頭。於是，船消失了。

「船不見了。」

「看起來好像跑到石碑裡了。」

「這該不會是道具袋的一種吧？」

我開始查閱庫琉那·霍克之書。

果然，這的確是道具袋。只要呼喊解除，任何人都可以叫出這艘船。島上的人可以乘著這艘船逃走。

竟然也會考慮自己不在之後的事，庫琉那·霍克到底是什麼聖人啊？不只是留下這本書，還警告了關於塔古伊的事。可是既然如此，我真希望他能在那棵吸引魔物的櫻花樹下也立一座石碑。比起寫在書裡，那樣才能讓別人立刻察覺危險。

現場還有另一座石碑，但可能是已經使用過了，所以並沒有變出任何東西。

後來我們繞了這座島半圈，再加上上次的路程就已經繞行塔古伊一圈了。

比起一個人走，果然還是跟菲娜她們邊聊天邊走比較開心。

「優奈姊姊，我可以摘水果嗎？」

「可以啊。」

我一准許，修莉便跑了出去。菲娜和熊緩也追在她後面。

這裡有蘋果、歐蓮果、香蕉、桃子、櫻桃，甚至還有我從來沒見過的水果，簡直是一座寶島。

修莉想摘長在高處的蘋果，卻搆不到。

「熊緩，幫我一下。」

「咿～」

熊緩移動到蘋果下方，修莉便站到熊緩的背上，摘下蘋果。然後，她把蘋果交給站在地上的菲娜。

真是合作無間。

「優奈姊姊，我們可以摘多少？」

站在熊緩背上的修莉這麼問道。

如果沒有設下限制，的確有可能摘過頭。

「這個嘛，那就摘到裝滿這個籃子為止吧。」

我從熊熊箱裡取出一個稍大的手提籃子。

「這個籃子裝得下的量，就可以帶回家。」

我拿出籃子，修莉便把蘋果裝到裡面。

「一種水果可以裝一個籃子嗎？」

「不，是全部加起來。」

「嗚嗚，那熊緩，我們接下來去摘那邊的水果吧。」

「咿～」

修莉依然坐在熊緩背上，往歐蓮果樹前進。

菲娜跟在她的後面。

兩人都開心地採著水果。

光是看著也有點無聊，所以我跟熊急一起摘了自己要吃的水果。

過了一陣子，籃子已經裝滿菲娜和修莉摘來的水果，於是我們拿了一點來吃。

「好好吃喔。」

修莉津津有味地吃著葡萄。

「姊姊，啊～」

修莉把葡萄拿到菲娜的嘴巴前。菲娜就這麼張開嘴巴，吃下那顆葡萄。

「好吃嗎？」

「嗯，很好吃喔」

聽到菲娜這麼說，修莉露出高興的表情。

她們姊妹倆的感情真的很好。幸好這次有帶修莉一起來。

「優奈姊姊，啊～」

修莉跑到我面前。我把嘴巴張開，修莉便將葡萄放進我的嘴裡。

嗯，真好吃。

下次來做個裝飾了葡萄的蛋糕好了。

413 熊熊準備前往矮人之城

「優奈，妳要去路德尼克嗎？」

鐵匠戈德先生的太太——妮爾特小姐這麼問我。

自從員工旅行結束後，我就度過了一段久違的悠閒時光。

我做了押花，也用大鴨蛋來做布丁，還去自己一直很好奇的塔古伊散步。

我差不多快要沒事可做了，於是開始準備前往矮人之城——路德尼克。

所以在出發之前，我來到打鐵舖拜訪戈德先生和妮爾特小姐。

「嗯。如果你們想轉告什麼事或寫信給熟人，我可以幫忙。」

「戈德！優奈說她要去路德尼克呢！」

妮爾特小姐往深處一喊，戈德先生就走了出來。

「代我向洛吉納師父問好。」

戈德先生只說了這句話便掉頭就走。妮爾特小姐打了他的頭，叫他停下來。

「優奈難得來拜訪，你怎麼可以擺出這種態度？真抱歉。因為戈德離開路德尼克之後一次都沒有回去，所以他也不知道該怎麼回應。」

「他沒有寫信回去嗎？」

「一年會寫一封。」

既然如此，至少比莎妮亞小姐好多了。矮人和精靈的時間感似乎不太一樣。

「對了，妳為什麼想去路德尼克？」

「我聽加札爾先生說過那裡的事，想去看看矮人之城是個什麼樣的地方。」

也可以說是打發時間。至於掃蕩魔偶時取得的神祕礦石，我不抱太大的期望。畢竟那是熊礦啊。

「光是想見識矮人之城，一般人會特地跑去路德尼克嗎？」

「參觀城市是我的興趣。」

我好久沒有參觀異世界了。原本的世界根本沒有矮人這種種族，所以我也對他們的生活十分好奇。

「既然這樣，妳等我一下。我現在就叫戈德去寫信。」

妮爾特小姐叫戈德先生寫一封信。

「妮爾特小姐不寫嗎？」

「因為我沒有親人嘛。」

「對不起。」

「妳不用放在心上。在妳那裡工作的孩子也沒有父母，跟我差不多。所以，戈德說他想要離

開城市的時候，我才會跟過來。」
「你們感情真好。」
「是啊，因為有戈德在，我才能得救。」
聽到妮爾特小姐這麼說，戈德先生轉身背對她。他是在害羞嗎？
不過，他們的關係令人感到溫馨。
「拿去，信寫好了。收件人是師父和我父母。我也寫了關於妳的事。妳有什麼困難的話，他們應該願意幫忙。」
戈德先生依然背對我們，往後遞出信。我接過他的信。信封上寫著「師父」、「爸媽」。我翻到背面，上頭寫著類似地址的資訊。
「我會確實送到的。」
「既然是優奈，我想應該沒有問題，但妳還是要小心喔。」
「有熊緩和熊急陪著我，沒問題的。」
收下了信的我走出打鐵舖。

離開打鐵舖之後，我要去堤露米娜小姐和菲娜的家一趟。堤露米娜小姐在家，但菲娜和修莉出門去買東西了。
「妳說要暫時離開城市，是為了工作嗎？」

「不是啦，我只是想去戈德先生的故鄉——矮人之城看看。」

「矮人之城？我當冒險者的時候有聽說過。我記得那是很遠的地方吧。」

以我設置的熊熊傳送門而言，從精靈村落出發是最近的。

「因為我在附近設置了傳送門，所以不會花那麼多時間。」

如果要從克里莫尼亞搭馬車過去，必須花上相當長的時間。可是，只要使用熊熊傳送門加上熊緩與熊急的連續技，就能節省許多時間。

「那扇門還真是方便。」

「可是也要親自去現場設置才行。」

「那樣就已經很方便了。」

熊熊傳送門真的幫了我不少忙。去王都就像去家裡附近散步一樣輕鬆。

「萬一發生什麼事，我馬上就會回來，請記得聯絡我。」

菲娜帶著熊熊電話，隨時都能聯絡到我。

「普通人就算想回來，也沒辦法這麼容易就回來呢。既然妳這麼說，就代表妳真的做得到，我也無話可說了。菲娜帶著的那個東西是叫做熊熊電話嗎？普通人光是想跟遠方的人聯絡就很麻煩了，使用那東西卻能輕易跟別人對話。」

嗯，熊熊傳送門和熊熊電話都是神賜給我的東西。這部分真的要感謝神。

「那麼，妳這次要把菲娜留下來嗎？我還以為妳會說要帶菲娜去呢。其實妳可以帶她去也沒關係。」

如果可以帶她去，我個人也想帶她去。

上次去探索塔古伊的時候也很開心。

比起自己一個人去，兩個人一起去比較開心，而且菲娜的陪伴也讓我覺得很自在。

「妳這麼輕易就允許我借走女兒，沒關係嗎？」

「經過上次的事，我又更信任妳了。而且就算有什麼危險，妳也可以用那扇門回來吧。另外，菲娜也說妳很關心她們。如果有魔物出現，妳就會派熊緩和熊急護衛她們，也絕對不會帶她們去危險的地方。菲娜說萬一有危險，妳就會用熊熊之門讓她們逃走。」

她是指護衛諾雅的時候、去礦山的時候以及塔古伊那時候的事嗎？

「既然妳這麼關心我女兒，我也能放心把女兒交給妳了。而且，去各種地方觀摩的經驗是很寶貴的。如果妳覺得帶菲娜去也沒問題，而她也說想去，妳就帶她去吧。」

「堤露米娜小姐……」

「因為我生病過，讓那孩子吃了不少苦，所以我想讓她自由一點。」

第一次見面的時候，菲娜看起來相當疲憊。

十歲的小女孩照顧著生病的母親和年幼的妹妹，一個人不斷努力。堤露米娜小姐恐怕是覺得自己害了女兒吧。

「那修莉呢？」

「嗯～那孩子出遠門好像有點太早了。而且如果菲娜和修莉同時不在，根茲會很難過的。」

聽說自從變成一家人，根茲先生就非常溺愛菲娜和修莉。他好像很喜歡聽女兒叫他「爸爸」。看來根茲先生是個傻爸爸。

「可惜女兒長大之後就會覺得爸爸很髒或很臭，甚至覺得他很礙眼。我以前也是這樣。」

堤露米娜小姐開始遙想當年。我愈來愈同情根茲先生了，但這或許也是孩子成長的必經過程吧？

因為我也有類似的經驗，而且是現在進行式。

話說回來，堤露米娜小姐從來沒有提過，她的爸爸媽媽——也就是菲娜和修莉的外公外婆——是不是已經不在了呢？既然堤露米娜小姐生病的時候，他們也不在身邊，或許是真的已經不在了吧。

我也不想被問到關於家人的事，所以沒有主動發問。

然後，我跟堤露米娜小姐聊著聊著，玄關的門就被打開了。

「我回來了～」

「我回來了。」

菲娜和修莉的聲音從玄關傳來。然後，她們倆來到我們所在的房間。

「媽媽，我們把妳說的東西買回來了。」

「買回來了～」

「謝謝妳們兩個。」

姊妹倆的手提袋裡放著各式各樣的蔬菜。

「還幫媽媽跑腿，妳們兩個真乖。」

「優奈姊姊？」

姊妹倆注意到我。

「為什麼優奈姊姊會在家裡呢？有事情要拜託媽媽嗎？」

「因為我要離開城市一陣子，所以來拜託堤露米娜小姐處理店面和咕咕鳥的事。」

「優奈姊姊，妳要去別的地方嗎？」

我向姊妹倆說明我剛才對堤露米娜小姐說過的事。

「菲娜，妳還記得嗎？我在礦山撿到石頭，給加札爾先生看過，他卻說不知道，所以向我介紹了他的故鄉，也就是矮人居住的城市。」

「啊，是，我還記得。那是優奈姊姊請加札爾先生做小刀時的事吧。」

明明只是一段不經意的對話，菲娜卻還記得。

「所以，我想去矮人之城看看。」

「菲娜，如果妳想跟優奈一起去，妳就去吧。」

「媽媽？」

「優奈說如果妳想去，她會帶妳一起去。」

堤露米娜小姐似乎要交給菲娜自己決定。

「優奈姊姊，真的嗎？」

菲娜看著我，確認我的意思。

「不過那是矮人之城，所以我也不知道好不好玩。如果妳願意，要不要一起去？我也想要有個聊天的對象。」

菲娜看著堤露米娜小姐，然後再看著我。

「……如果優奈姊姊不嫌麻煩，我想一起去。」

菲娜有點客氣地開口說道。

「我才不會嫌麻煩呢。我剛才也說了，比起自己一個人去，跟妳一起去比較開心。」

「那麼，我要去。」

聽到我說的話，菲娜高興地微笑。

於是，菲娜也決定要一起去了。雖然修莉也很想去，但這次是要出遠門，所以她只好留下來看家。

「修莉，等妳長大一點再說吧。」

「嗚嗚。」

「那麼，我就拜託修莉負責聯絡的工作吧。」

「聯絡的工作？」

我做出熊熊電話，拿給修莉看。

「啊～這是可以聊天的東西吧。」

「嗯，所以萬一發生什麼事，妳就用這個聯絡我吧。我也會聯絡妳的。這件事只能拜託留在克里莫尼亞的妳，妳願意幫忙嗎？」

「嗯，我要幫忙。」

我把熊熊電話交給修莉，她便高興地收下了。

其實我也可以拜託堤露米娜小姐，但這次我選擇拜託修莉。

「啊，可是要瞞著根茲先生，所以妳要小心喔。」

「嗯，好。」

修莉高興地握緊熊熊電話。

聽到我說的話，堤露米娜小姐低聲說道：「根茲不知道的祕密愈來愈多了呢。」

414 熊熊來到精靈村落

我使用熊熊傳送門，跟菲娜一起移動到精靈村落。

因為熊熊傳送門位在只有穆穆祿德先生等人能進入的神聖樹結界之中，所以我先一個人移動到精靈村落，走出神聖樹的結界，然後再做出新的傳送門，讓菲娜移動過來。

因為我不知道菲娜進入神聖樹的結界會發生什麼事。我不能冒險嘗試，所以雖然麻煩，還是要多一道步驟。

話雖如此，也只是要在結界外拿出新的熊熊傳送門，把門打開罷了。

「這裡是哪裡呢？」

走出熊熊傳送門的菲娜左顧右盼。可是，附近只有岩壁和森林，看不出這裡究竟是什麼地方。

「呃，這裡是從王都往拉魯滋城的方向……過了一條大河……再繼續前進的森林裡面？」

我回想自己的行經的路線，這麼回答。

「我聽不懂。」

我想也是。

「簡單來說就是很遠的地方，位在精靈居住的村落附近。」

「精靈居住的村落嗎？」

「前陣子，我跟莎妮亞小姐一起來過。我就是在那個時候設置熊熊傳送門的。」

「啊，我想起來了，妳之前說過要跟莎妮亞小姐一起出門。」

每次要出遠門，我都會跟菲娜報備。

她似乎還記得我以前說過的話。

我正在向菲娜說明的時候，一陣在草地上奔跑的腳步聲靠近了我們。

「啊，果然是優奈小姐來了。對不起，我遲到了。」

出現在我們面前的人是留著一頭淡綠色長髮的精靈女孩——露依敏。

昨天，我用熊熊電話對露依敏說了我要去精靈村落的事，她便說要來迎接我。我說不需要，但她還是來了。

「優奈小姐，那邊的女生就是妳昨天提到的菲娜吧。」

露依敏看著菲娜，露出微笑。

「她是我的救命恩人——菲娜。」

「優奈姊姊！我就說不要再這樣介紹我了！」

我介紹菲娜，菲娜便噘起嘴巴，用小小的拳頭連續敲打我。我當然一點也不痛。

「呃，她叫做露依敏，是在王都的冒險者公會擔任會長的莎妮亞小姐的妹妹。」

「莎妮亞小姐的妹妹？」

聽說露依敏和莎妮亞小姐是姊妹，菲娜很驚訝。

「我是露依敏。妳也認識我姊姊吧。我昏倒在路邊的時候，是優奈小姐救了我。所以，優奈小姐應該算是我的救命恩人吧？」

我不知道王都的治安好不好，但可愛的女孩子倒在街上是很危險的事。

所以就某方面來說，我或許真的是她的恩人。

「呃，我是菲娜。我快要被魔物攻擊的時候，是優奈姊姊救了我。所以，優奈姊姊是我的救命恩人。」

菲娜更正我的說法，這麼自我介紹。

「這麼說來，我們彼此都是受優奈小姐幫助過的人囉。」

「是的！」

才剛見面，她們好像就意氣相投了。

算了，她們兩個人相處融洽也是好事。

我和菲娜跟前來迎接的露依敏一起走向精靈村落。我身旁的菲娜和露依敏兩個人邊走邊聊天。

「話說回來，菲娜也知道熊熊之門的事情啊。」

「我也沒想到露依敏小姐會知道熊熊之門的事。」

「只有菲娜的家人和露依敏的家人知道而已喔。」

雖然不是所有家人，但只有她們兩個人的親人知道。這麼一想，她們倆的處境其實很相似。

「可是，我沒想到要知道熊熊之門的祕密，還得先立下大笑地獄的契約魔法。」

「契約魔法？」

「嗯，如果想把優奈小姐的祕密告訴別人，就會笑得很痛苦。感覺真的非常痛苦，完全說不出口。」

露依敏露出笑得很痛苦的表情。

我看過莎妮亞小姐和穆穆祿德先生笑的樣子，臉上明明帶著笑容，看起來卻非常痛苦。那到底是什麼笑法呢？是類似聽到笑話，還是像身體被搔癢，或是吃到笑菇之類的呢？我能想到各種笑法，不知道究竟是哪一種。

「我沒有立下那種契約魔法耶。」

「嗯，因為我相信菲娜，所以沒有那個必要。」

實際上就算被堤露米娜小姐逼問，菲娜也沒有說出來。

「再說，主動提出契約魔法的人是露依敏的爺爺，又不是我要求的。而且一開始還是死亡契約，是我把懲罰改成大笑地獄的耶。」

話又說回來，契約魔法只有穆穆祿德先生會使用，也不是能輕易辦到的事。

「可是，說出去就要接受大笑地獄的懲罰吧。」

「別說出去就沒事了。」

只要對方不像某個精靈一樣，企圖把熊熊內褲的祕密說出去就行了。她必須把熊熊內褲的祕密帶進棺材裡。

「優奈小姐，菲娜知道到什麼程度呢？就算跟知道的人說也沒關係吧？」

「露依敏知道的事，菲娜應該也知道。菲娜知道，但露依敏不知道的事情反而還比較多吧？」

「既然這樣，如果我跟露依敏小姐說，就會陷入大笑地獄嗎？」

「菲娜沒有立下契約，所以不會。」

「太好了。」

菲娜臉上浮現安心的表情。

「這麼說來，菲娜也知道熊熊電話的事吧。」

露依敏從口袋裡取出熊熊電話。於是，菲娜也同樣取出了熊熊電話。

「優奈姊姊，我可以用這個熊熊電話跟露依敏小姐或修莉說話嗎？」

菲娜看著自己手上的熊熊電話和露依敏手上的熊熊電話。

經她這麼一說，我確實沒有實驗過。到目前為止，持有熊熊電話的人只有菲娜和露依敏。而且她們兩個人並不認識，所以也沒有機會測試。

不過，交給修莉第三支熊熊電話之後，菲娜認識了露依敏。只要運用熊熊電話，菲娜和修莉、菲娜和露依敏之間或許就能互相對話。

可是，既然熊熊傳送門只有我能使用，那就不一定了。

「我沒有試過，不知道耶。」

「是嗎？那麼，我們等一下可以試試看嗎？如果可以對話，我也想跟修莉聊聊天。」

菲娜高興地握緊熊熊電話。

「可以是可以，但我們差不多快到村落了，晚點再試吧。」

「那麼，菲娜，我們等一下來試試看吧。」

「嗯。」

「要在沒有其他人的地方試喔。」

「好的！」

「好的。」

兩人很有默契地答道。

居民或許還記得我，所以我一走進精靈村落，遇見我的路人都會向我打招呼。雖然上次來的時候氣氛有點緊張，但這次似乎不需要擔心。人們都過著和平的日常生活。

「優奈姊姊，這裡的人全都是精靈嗎？」

菲娜好奇地四處張望。

村民有著精靈特有的長耳朵，而且大多數人的頭髮都是綠色。當然也有些不同髮色的精靈，但綠色頭髮的精靈特別多。

「嗯，這裡只住著精靈。」

「這樣啊。既然如此，以前莎妮亞小姐以前也是住在這裡吧。」

「菲娜，妳認識我姊姊對吧？」

「是的，我跟她見過幾次面。她是個非常漂亮的人。」

聽到別人讚美自己的姊姊，露依敏很高興。我想露依敏將來應該也會變成一個美女吧。

後來，我們抵達靠近村落中央的廣場，看到一群孩子正在嬉戲。那些孩子一發現我，馬上跑了過來。

「是熊耶～」

「熊熊來了～」

「是露依敏姊姊。」

精靈孩子們吵吵鬧鬧地圍繞在我們身邊。圍繞在我身邊的孩子特別多。

「小朋友，不可以給優奈小姐添麻煩喔。優奈小姐都不能走路了。」

「咦～」

孩子們拉著我的手和衣服。

「你們不是跟爺爺……跟長老約好了嗎？」

露依敏拿出大姊姊的風範，訓誡孩子們。於是孩子們回應「好啦～」並離開我身邊。

我不能推開他們，所以露依敏幫了我大忙。穆穆祿德先生身為長老的威嚴似乎很有影響力。

「露依敏，謝謝妳。不過，原來妳也會做這種像是大姊姊的事啊。」

「因為我就是大姊姊呀。」

露依敏挺胸說道。

孩子們離開我們後，有別的聲音傳了過來。

「我還在想怎麼這麼吵，原來是優奈來了。妳的打扮還是沒變。」

一個長相英俊的精靈青年朝我們走來。他是莎妮亞小姐的未婚夫，我記得名字叫做拉比勒達。

「你也沒變啊，還是板著一張臉。」

表情這麼臭，可惜了那張帥臉。

「妳想在村裡待多久都沒關係，但不要引起騷動了。」

拉比勒達一瞬間露出笑容，說完便離去。

「他是什麼意思？」

「呵呵，別看他那個樣子，其實他是在關心救了這個村落的優奈小姐喔。」

露依敏替我翻譯拉比勒達的言行。

「是嗎？」

「如果我沒有阻止孩子們，拉比勒達先生應該會出面阻止吧。所以，請妳不要討厭拉比勒達先生。」

他並沒有對我做什麼壞事，所以我並不討厭他。我回去的時候，他也有向我道謝。不只是對我，我想他對任何人大概都是那種態度。有些人就是對誰都很冷淡。

「那麼優奈小姐，妳要去見我爺爺吧？」

「嗯，因為我有一件想問他的事。」

難得來到精靈村落，所以我想向穆穆祿德先生問問我在迪賽特城聽說的事。攻略了那座金字塔的精靈真的是穆穆祿德先生嗎？也有可能是同名同姓同種族的人。

「所以，我可以跟穆穆祿德先生見面嗎？」

「沒問題。既然對象是優奈小姐，爺爺隨時都願意見妳。畢竟妳是救了精靈村落的恩人嘛。」

「什麼恩人，太誇張了啦。」

「優奈姊姊，妳們剛才也有提到，妳救了這個村落嗎？」

我正在跟露依敏說話的時候，菲娜有點委婉地問道。

「我只是打倒了一些攻擊村落的魔物而已，沒什麼大不了的。」

「我覺得那不算是沒什麼大不了的事。」

伴隨著露依敏用堅決的語氣這麼說，我們抵達穆穆祿德先生家了。穆穆祿德先生坐在家門前的一張長椅上。他是在曬太陽嗎？

「爺爺，優奈小姐來了喔。」

「熊姑娘？」

穆穆祿德先生站了起來。

「穆穆祿德先生，好久不見了。」

「小姑娘，歡迎妳來。妳是來拿神聖樹的茶葉和香菇的嗎？」

「我也想要那些東西，但今天是為了別件事而來的。露依敏，不好意思，能拜託妳帶菲娜去村裡逛逛嗎？我有事想跟穆穆祿德先生談談。菲娜，抱歉，妳跟露依敏去村裡散步一下吧。」

「呃，好的。」

「那麼，我就帶菲娜去村裡逛逛了。菲娜，我們走吧。」

「啊，好。」

露依敏拉著菲娜的手，跑了出去。菲娜差點跌倒，被露依敏帶走了。

415 熊熊被塔莉雅小姐逮到

確認菲娜和露依敏已經離去之後，我和穆穆祿德先生開始談話。

「那麼小姑娘，妳想說些什麼呢？」

「穆穆祿德先生，你聽過迪賽特城嗎？」

「迪賽特城？」

穆穆祿德先生一臉疑惑。

然後陷入沉思。

他用手按著額頭，努力回想。

穆穆祿德先生似乎有什麼頭緒，但光是城市的名字還不足以讓他想起來。於是，我決定為穆穆祿德先生的大腦提供更多情報。

「那是一座位在沙漠的城市，城裡有湖泊，附近還有金字塔。」

「…………」

叮咚。

穆穆祿德先生用右手的拳頭輕敲左手的掌心。

「啊，是沙漠的迪賽特城。真是令人懷念的地名。」

他似乎知道。

「這麼說來，攻略了金字塔迷宮的人果然是穆穆祿德先生的隊伍囉？然後，你們的其中兩個同伴留下來建立了那座城市。」

「小姑娘，妳還真清楚。」

「不久之前，我去過迪賽特城，從那座城市的領主口中聽說城市的起源，他有提到一位叫做穆穆祿德的精靈，所以我就猜想可能是你。」

「那個精靈就是我沒錯。」

穆穆祿德先生開始對我說起往事。

據說穆穆祿德先生一行人通過迷宮之後，一走到外面便發現有泉水湧出，形成了一座湖泊。因此，為了讓來往沙漠的旅人可以輕鬆一點，他們打造了一個休息處，販售商品的人便漸漸聚集而來，再加上種植農作物的人、飼養家畜的人、建造房屋的人，許多人漸漸建立了一座城市。

負責管理的人就是卡麗娜的祖先，也就是穆穆祿德先生的冒險者同伴。

「我們發現以湖泊為中心的範圍因為結界，氣溫比較低，所以還蓋起了城牆。」

「我跟那位領主提到關於穆穆祿德先生的事，他也很想見你一面呢。」

「這樣啊，原來妳去過庫亞特和錫安建立的城市。」

庫亞特和錫安似乎是穆穆祿德先生的隊友，也是卡麗娜的祖先。

了。

「嗯。」

「他們倆建立的城市有子孫正在守護吧。」

穆穆祿德先生露出懷念的表情。

「那麼，下次要不要去迪賽特城一趟呢？」

「雖然我也想見見他們的子孫，但我身為長老，不能長期離開村落，所以沒辦法呢。」

以普通的方式前往，必須花上不少時間。可是，只要使用熊熊傳送門，就可以縮短移動時間了。

「這一點不用擔心。因為我有在迪賽特城設置熊熊之門，所以當天就能來回了。」

「……小姑娘，真的可以嗎？」

「可以啊。不過，現在我還有事，可以下次再去嗎？」

「嗯，不管要等幾年還是幾十年都沒問題。」

對喔，精靈就是這樣的種族。

咿～咿～

我向穆穆祿德先生索取神聖樹茶葉，正在閒聊的時候，左手的白熊玩偶手套開始發出叫聲。

是熊熊電話的聲音。電話突然響起，看起來就像是熊熊玩偶手套正在叫。不過，是誰打給我的呢？持有熊熊電話的人只有菲娜、修莉和露依敏這三個人。

「那麼，穆穆祿德先生，我下次會來邀請你的。」

穆穆祿德先生似乎有點在意這陣叫聲，但我離開他身邊，移動到沒有人的地方。然後，我拿出仍繼續發出陣陣叫聲的熊熊電話。

「喂？」

『啊，有聲音了。』

菲娜的聲音從熊熊電話傳出。

「怎麼了？發生什麼事了嗎？」

『對不起。我剛才用了熊熊電話，想要跟露依敏小姐和修莉說話，可是沒有成功。所以我以為它壞掉了，才會打給優奈姊姊。』

「妳沒辦法跟露依敏和修莉說話啊。」

『是的，沒有辦法。』

看來熊熊電話只能打給我。

嗯，不出所料。熊熊裝備不可轉讓，又是我專用的裝備，而且熊熊傳送門只有我能打開。熊熊電話也是用我的魔力做成的，可能是因為這樣才只能打給我吧。

如果任誰都能使用，那就變成萬能道具了。

「那妳們兩個人在哪裡？」

『呃，露依敏小姐，這裡是哪裡呢？』

『村落的郊外。』

露依敏的聲音從熊熊電話裡傳出。

我交代她們來露依敏家門前跟我會合。我走到露依敏的家，便看到她們兩人走了過來。

「優奈姊姊，這個沒有壞掉吧？」

菲娜握著熊熊電話，一臉不安地問道。

「它沒有壞掉喔。大概是因為這個只能打給我吧。我以前都沒有測試過，所以不知道。」

「真可惜。」

「我還以為菲娜回去以後，我也能跟她說話呢。」

「這個嘛，有事的話我會幫忙轉告的。」

「好的。」

菲娜和露依敏感到有點遺憾。

那麼，既然已經跟穆穆祿德先生打過招呼，也差不多該朝矮人之城出發了。正當我這麼想的時候——

「哎呀，優奈果然在這裡。」

有人從後面呼喚了我。我轉過頭，看見露依敏的母親——塔莉雅小姐。她還是一樣年輕，一點都不像是三個孩子的媽。

畢竟她是精靈，所以我沒有大驚小怪。

「我走在村裡，聽到有人說熊熊來了，馬上就知道是優奈了。」

塔莉雅小姐很高興自己的推理是對的。

可是，這麼認知真的好嗎？萬一有真的看到熊的人說「熊來了」、「有熊出沒」，聽到這番話的人（精靈）卻猜想是我來了，那不是很危險嗎？

不過，看到真正的熊，目擊者應該會驚聲尖叫，所以大概沒問題吧。

生性悠哉的塔莉雅小姐讓我有點擔心就是了。

「對了，那孩子是優奈的妹妹嗎？」

她看著我身旁的菲娜，用推測的方式問道。但老實說，我跟菲娜長得並不像。

「可是，她沒有打扮成熊熊的樣子呢，是我搞錯了嗎？」

塔莉雅小姐歪起頭來。

照這個邏輯，如果她打扮成熊的樣子，就是我的妹妹嗎？

「她不是我妹妹啦。這孩子叫做菲娜，是我的救命恩……是照顧過我的人。」

我看著菲娜，正要說出「救命恩人」這個詞的時候，菲娜便瞪了我一眼，於是我只好改口。

「妳叫做菲娜呀。我叫做塔莉雅，是露依敏的姊姊喔。妳可以叫我塔莉雅姊姊。」

塔莉雅小姐毫不害臊地說道。

「這麼說來，妳就是莎妮亞小姐的姊姊囉。」

菲娜沒有懷疑塔莉雅小姐所說的話。

「哎呀，妳也認識莎妮亞嗎？」

「是的。」

「嗯，妳說得對。我是莎妮亞的姊姊塔莉雅。所以，妳可以叫我塔莉雅姊姊。」

「好的，塔莉雅姊姊。」

塔莉雅小姐與菲娜很正常地開始聊天。露依敏跑到兩人之間阻止她們。

「媽媽！不要亂說啦。菲娜會信以為真的。菲娜，她不是我們的姊姊，是媽媽才對。」

「媽媽？」

露依敏說的話讓菲娜很驚訝。

的確，以塔莉雅小姐的外貌，就算自稱姊姊也不奇怪。所以，這類的謊話很容易騙到別人。

「妳也不用這麼快就拆穿我嘛。」

「媽媽，這樣很丟臉，別鬧了啦！」

露依敏紅著一張臉，喝斥塔莉雅小姐。

「好吧，既然露餡了也沒辦法。其實我是露依敏的母親，名叫塔莉雅。菲娜，為了表示說謊的歉意，我請妳吃好吃的水果。」

塔莉雅小姐一抓起菲娜的手便帶著她走進家裡。

「咦，優奈姊姊？」

菲娜被她牽著走，回頭望向我。我搖了搖頭，跟塔莉雅小姐和菲娜一起走進屋內。露依敏也嘆了一口氣，跟上我們。

我們一邊享用塔莉雅小姐招待的水果，一邊進入聊天模式。

我本來想朝矮人之城出發的……

「路卡不在嗎？」

「路卡去森林裡玩了。」

身為父親的阿爾圖爾先生好像正在工作。

「路卡是誰？」

「他是露依敏的弟弟。」

「呵呵，難得優奈來拜訪，路卡真不走運。」

嗯，因為露依敏不能說出熊熊電話的祕密，所以無法提早通知我要來拜訪的事，這也是沒辦法的事。

否則一個不小心就會陷入大笑地獄。

「菲娜，妳要多吃一點喔。」

塔莉雅小姐把許多水果端到我們面前。

「謝、謝謝。」

我們吃起酸酸甜甜的水果。

我總覺得自己最近老是在吃水果。

「對了，優奈小姐，妳是要去矮人之城吧？」

我正在吃水果時，露依敏這麼問道。

「哎呀，優奈，妳要去矮人之城嗎？」

塔莉雅小姐也對露依敏的發言有了反應。

「我想去玩一下。因為我跟穆穆祿德先生的事已經談完了，所以我打算等一下就出發。」

「真可惜，我難得能交到菲娜這個朋友呢。」

露依敏露出有點遺憾的表情。

「我下次會再帶菲娜一起來玩的。」

菲娜和露依敏似乎已經在短短的時間內變成好朋友了。她們彼此都知道我的祕密，所以一起聊天也不會陷入大笑地獄。

「說定了喔。話說回來，矮人之城很令人懷念呢。」

「妳有去過嗎？」

「有，我去過幾次。」

精靈去矮人之城？精靈和矮人不是感情很差嗎？

「當時情況還好嗎？」

「因為我是跟爸爸一起去的，所以沒有迷路喔。如果只有我一個人，搞不好會迷路就是了……」

我想問的不是這個，但露依敏似乎很介意自己在王都迷路的事。

「因為精靈和矮人的感情很差，所以我想問的是精靈去矮人之城不會怎麼樣嗎？」

「精靈和矮人的感情很差嗎？」

露依敏這麼反問。

一開始發問的人是我耶。

「不是嗎？」

「我沒聽說過那種事。上次去矮人之城時，大家都對我很好。」

看來我的常識在這裡並不管用。根據我看過的漫畫或小說，大多數作品裡的精靈和矮人都很合不來。

長著鬍子的矮人與貌美的精靈互相爭吵的場面特別多。

「矮人之城啊。我好久沒去了，真想再去一次。」

「哎呀，真是個好主意。露依敏也一起去吧。我正好想要新的平底鍋和湯鍋呢。另外還要新的菜刀。對了，我可得去問問附近的鄰居。」

「媽媽？」

塔莉雅小姐一個人自說自話，然後站起來，走出了客廳。

我們默默地目送她離開。

「呃，這到底是……」

什麼情況？

「我好像也要一起去了。那個，我代替媽媽向妳道歉。」

露依敏一臉抱歉地向我賠罪。

「我是不介意跟妳一起去，但不用先問過妳爸爸嗎？」

「那就不用了。媽媽那個樣子，沒有人能阻止她的。」

看來露依敏也吃過不少苦頭。

「話說回來，要買平底鍋和湯鍋啊。」

一提到矮人，我就想到武器和防具，但應該不只如此吧。

戈德先生和加札爾先生是以武器和防具為主，所以我不會聯想到其他東西，但應該也有矮人會把金屬加工成廚具等日常用品。

「菲娜，我們要不要也買些東西給堤露米娜小姐？」

克里莫尼亞當然也有賣類似的東西，但在矮人之城購買的話，感覺就像是買到當地特產的好貨。

而且，平底鍋和湯鍋也有好壞之分。

例如材質的種類、重量、是否不沾、導熱速度等。鍋子也有各種特徵。

去矮人之城買鍋子或許也不錯。嗯，真是個好主意。

可是，我看著菲娜的時候，她有點難以啟齒地說道：

「呃，那個，其實媽媽也有託我買東西。」

「是嗎？」

「是的，她託我去買好幾樣東西。」

不愧是能幹的主婦。看來她早就已經交代過菲娜了。

「既然這樣，我就替孤兒院和安絲她們買些東西好了。」

「媽媽也有交代我幫孤兒院和店裡買大一點的鍋子。」

我好像被搶先一步了。

不過，孤兒院確實需要大一點的鍋子。如果要烹煮大量的料理，有大型的鍋子比較省事。

我也買些自己要用的鍋子好了。既然要買，最好也能替熊熊屋準備一些。考慮到備用品，需要的量就更多了。只要放一個在熊熊箱裡就可以重複使用，但洗好之後還要收起來實在有點麻煩。可以的話，我希望每間熊熊屋都能隨時備有這類日用品。

我們一邊吃著塔莉雅小姐準備的水果一邊聊天，塔莉雅小姐就回來了。

「露依敏，這是購物清單。」

塔莉雅小姐把好幾張紙交給露依敏。看到這些紙，露依敏的表情漸漸轉變。

「媽、媽媽，這也太多了吧。」

露依敏把紙放到桌上。最上方寫著訂購人的名字，下面則詳細列出了平底鍋、湯鍋、菜刀以及其他各種商品的名稱和大小等資訊。類似的清單有好幾張。

「因為大家都說想買嘛。」

塔莉雅小姐用撒嬌的口氣說道。雖然這種口氣很符合她的年輕外表，但她實際上已經超過一百歲了吧？

「我已經跟爺爺借了道具袋，妳不用擔心。另外這是錢。」

說完，塔莉雅小姐把裝著道具袋和錢的包包交給露依敏。

「爺爺說他想要可以大家一起圍爐的大鍋子。」

「嗚嗚嗚，連爺爺也這樣。」

露依敏趴到桌上。

這下子露依敏已經確定要跟我們一起去了。

416 熊熊朝矮人之城出發

我帶著菲娜和露依敏來到村外，然後召喚熊緩與熊急。接下來輪到熊緩與熊急出場了。

「熊緩、熊急，好久不見。」

露依敏撫摸熊緩與熊急的頭，這麼打招呼。熊緩與熊急高興地發出「「咿～」」的叫聲。

我請菲娜和露依敏騎上熊緩，我則騎上熊急出發。

矮人之城比精靈村落更遠，據說是一座有礦山的城市。它既不屬於艾爾法尼卡王國，也不屬於鄰近的索澤納克國，是獨立的自治區。

「真的不會迷路嗎？」

「別擔心，我已經去過幾次了。」

露依敏充滿自信地答道。

聽說要去矮人之城，穿越精靈森林會比較快。露依敏要帶我們走這條捷徑。身為一個見過她昏倒在王都的人，我覺得不太放心，但露依敏自信滿滿地說：「沒問題！」所以我也不忍心拒絕她，只好答應。

要去矮人之城，本來必須返回有一條大河的拉魯滋城所延伸到這裡的幹道上，避開精靈村落所在的大片森林，沿著山腳繞遠路。

可是，回頭也需要花上一段時間。

俗話說「欲速則不達」。我去沙漠的時候也是為了抄捷徑，所以才會迷路。

可是，如果這條路真的能提早抵達矮人之城，好處是可以減輕熊緩與熊急的負擔，而且在森林裡前進也能避免遇到別人。實際上並不全是壞事。所以，只要露依敏不迷路，可以說是利大於弊。

反正我本來就不急，就算迷路了，那也算是一段回憶。

我決定暫且相信露依敏這位宣稱森林是自家後院的精靈，騎著熊緩與熊急在森林中前進。

「話說回來，剛才的東西真的好多喔。」

菲娜回想起剛才發生的事，這麼說道。

我們一走出露依敏的家，便看到家門前聚集了一群精靈太太。我們嚇了一跳，原來是塔莉雅小姐去問鄰居要不要買鍋子時，把我來拜訪的事散播到全村了。於是，精靈太太們帶了從山上採到的好幾籃山菜和香菇來送給我。

食物有多少都不嫌多，所以我向她們道謝，心懷感激地收下了。

而且，不管收到多少，有熊熊箱就不必擔心會腐爛。

「優奈小姐上次來的時候，高興地帶了很多食物回去，所以大家都是想讓妳開心才會拿東西來的。」

「上次優奈姊姊帶了很多香菇和山菜來我們家，原來那些就是在這裡採到的東西呀。」

我把上次拿到的山菜和香菇帶去菲娜家，也有一些分給了安絲，或是去海邊的時候拿來煮成料理了。畢竟有超過四十個人分著吃，食物很快就耗盡了。所以，我很高興能再補充。下次就做成天婦羅來吃吧。

「要不要今天晚上就煮來吃呢？」

「我可以幫忙。」

菲娜也很想吃。

後來，雖然我一開始不太放心，但露依敏沒有迷路，為熊緩和熊急指引方向。

我們在樹木間穿梭，沿著河川往下走，然後登上山路。

我打開熊熊地圖的技能，雖然行經的路線很曲折，但確實正在往同樣的方向前進。我們並沒有像漫畫一樣，在同樣的地方兜圈子。

我把帶路的工作交給露依敏，並拜託熊緩與熊急警戒危險的魔物或動物，自己則在熊急背上悠閒地休息。

騎著熊緩的菲娜和露依敏正在旁邊開心地聊天。

話題似乎是她們兩個人都認識的我和莎妮亞小姐。

我們中途停下來休息再前進，這時露依敏叫熊緩停下來，開始四處張望。

「咦，奇怪了……應該是在這附近沒錯啊。」

附近只有懸崖，無路可走。

「該不會是迷路了吧？」

「我們沒有迷路。這附近應該有一座橋才對。」

「妳說的橋，該不會是那個吧？」

我用黑熊玩偶手套一指。

「啊，就是那個。」

我們來到橋的前方，發現用繩子搭成的橋壞了。

「這樣就不能走了。」

露依敏看著壞掉的橋，露出傷腦筋的表情。

「如果這裡不能走，就得沿路回頭……可是那樣又會繞很長一段遠路。」

露依敏抱頭苦惱，慌了起來。

我嘆了一口氣，從熊急背上爬下來，走到懸崖邊。

懸崖和懸崖之間大約有十公尺的距離，深度也大約是十公尺。

如果是熊緩與熊急，這個距離並不是跳不過去。可是，既然今後也會有精靈通過，還是有橋比較好。

「妳們離遠一點。」

我蹲下來，用黑熊玩偶手套觸碰地面。然後，我灌注魔力，開始想像。土塊從懸崖邊出現，延伸到對面的懸崖，形成一座橋。

因為探索金字塔地下的時候，我有搭過橋，所以很輕鬆就能想像出來，完成了一座橋。

「優奈小姐，妳真厲害。」

「可是，為什麼有熊熊呢？」

支撐兩端邊緣的柱子是熊的造型。我只是想強化這座橋，才會做成熊的樣子。這麼一來，應該就不用擔心橋會突然崩塌了。

「總之，這樣就能繼續前進了。」

我們通過這座熊橋，移動到對岸。

一路上，我們都沒有遇到魔物或凶暴的動物，露依敏也沒有迷路，於是我們順利地前進，直到入夜。

「天色也漸漸暗下來了，我們在這附近過夜吧。」

「優奈小姐，我們要住熊熊房子嗎？」

露依敏很高興地這麼問道。

「熊熊房子真的很厲害。我們不用露宿野外，可以睡在溫暖的被窩裡，還可以洗澡，消除一

天的疲勞，真的是最棒的房子。」

露依敏去王都的時候似乎吃了不少苦頭，所以非常喜歡熊熊屋。

我拿出熊熊屋，然後把熊緩和熊急變成小熊，走進屋內。接著，我趁著放洗澡水的時間，開始準備晚餐。難得拿到了山菜，雖然有點麻煩，但我決定做蔬菜天婦羅來吃。

「優奈姊姊，我也來幫忙。」

「那麼，我來炸東西，妳可以幫我裝盤嗎？」

「好的。」

我拜託菲娜當我的助手。看到我們的互動，露依敏也走了過來。

「優奈小姐，那我呢？」

「……妳坐著等吧。」

我稍微思考了一下，然後這麼回答。

「嗚嗚，太過分了。」

「開玩笑的啦。話雖如此，其實也沒什麼事可以請妳做了。」

我只是要做天婦羅，不需要動用到三個人。

「露依敏，我下次再請妳幫忙，妳就跟熊緩和熊急一起休息吧。」

露依敏瞄了一眼小熊化的熊緩和熊急窩成一團的樣子。

「嗚嗚，雖然這個提議很吸引人，可是妳們兩個人都在做晚餐，我怎麼可以一個人無所事事……」

雖然她嘴巴上這麼說，眼睛卻盯著小熊化的熊緩和熊急不放。

「既然這樣，妳可以在吃完飯後幫忙收拾碗盤嗎？」

「……好吧。可是，如果有什麼我能幫忙的準備工作，請跟我說一聲喔。」

我們終於妥協，於是露依敏跟熊緩和熊急玩了起來。

我切開蔬菜，沾上蛋液和麵粉，下鍋油炸。雖然直接炸也不錯，但因為有山菜，所以我今天選擇做天婦羅。

熊熊箱裡放著紅蘿蔔、馬鈴薯、青椒等各式各樣的蔬菜。不只是克里莫尼亞，我去其他村落或王都的時候也會大量採購。因為改天再特地去買也很麻煩，而且不一定每個地方都有賣。我的原則是有看到就先買下來。

然後，難得露依敏也在，我決定使用她應該沒吃過的烏賊和章魚，做出融合山珍海味的天婦羅。

順帶一提，因為我穿著熊熊裝備，就算被油噴到也沒事，而且戴著熊熊玩偶手套就不怕手沾到油了。我的防禦可說是天衣無縫。

於是，我們順利準備好晚餐，一邊吃天婦羅一邊聊天。第一次吃到天婦羅的露依敏很驚訝，但也吃得津津有味。

「對了，優奈姊姊，妳在露依敏小姐的村子裡做了什麼呢？不管我怎麼問，露依敏小姐就是不告訴我。因為她說得好像是優奈姊姊在村子裡做了什麼，所以我很好奇。」

「因為要是我說出來了，搞不好會陷入大笑地獄嘛。」

露依敏吃著紅蘿蔔的天婦羅，這麼回應菲娜。

可是，實際上是如何呢？說出村裡發生的事，就會陷入大笑地獄嗎？

契約內容是「保守我的祕密」。

根據穆穆祿德先生的說法，效果取決於我立下契約當時的心境。如果對方說出我希望保密的事，就會陷入大笑地獄。

所以，如果使用契約魔法當時，我希望對方不要說出精靈村落發生過的事，露依敏就會陷入大笑地獄。

我試著回想自己當時的心境，卻想不起來。

「我也不知道，要試試看嗎？」

「才不要！」

露依敏大聲拒絕了。雖然我想實驗看看，但似乎不行。

我代替露依敏，簡單說明了精靈村落發生的事，還有我做過的事。

「優奈小姐真的很信任菲娜呢。」

「嗯，是啊。因為我知道菲娜不是會打破約定的孩子，所以很信任她。」

「優奈姊姊……」

我說的話讓菲娜很高興。

「不過，就是因為優奈小姐打倒了魔物，村子才能得救。」

「妳說的魔物是什麼樣的魔物呢？」

怎麼這麼問？

她說明的時候都特地避重就輕了耶。

「要是知道了答案，菲娜或許會有大麻煩喔。」

如果我們說出答案，菲娜就會得知雞蛇的事。因為不想嚇到她，所以我一直都沒有說出來。

要是菲娜知道，我就能拜託她肢解雞蛇了。

「大麻煩是指什麼？」

「會是什麼呢？妳想知道嗎？」

聽到我說得煞有其事，菲娜開始猶豫了。

「……嗚嗚，我想知道。」

經過一番煩惱，菲娜這麼決定。

我說起自己打倒紅喙鴉和雞蛇的事。菲娜一聽到雞蛇，正在吃飯的手就停了下來。

「……優奈姊姊，妳該不會要叫我肢解雞蛇吧？」

菲娜戰戰兢兢地這麼問道。

「因為我不會嘛。」

我試著模仿塔莉雅小姐的語氣。

「我不行！」

菲娜的吶喊在熊熊屋裡迴盪。

所以我才勸妳別問的嘛。

417 熊熊在熊熊屋過一夜

吃完晚餐的我們把收拾碗盤的工作交給露依敏，我和菲娜則撫摸熊緩與熊急的肚子，享受餐後休息的時光。觸感軟綿綿的，非常舒服。熊緩與熊急似乎也很舒服，所以這就叫做雙贏吧。

只不過，在我身旁撫摸熊緩肚子的菲娜對我再三強調「我沒辦法肢解雞蛇喔」。既然這樣，我應該請冒險者公會肢解嗎？還是穆穆祿德先生會呢？他以前是冒險者，也活了很久，或許有肢解雞蛇的經驗。可是，考量到肢解後的變賣途徑，交給冒險者公會或許比較好。不過，問題在於可能引發騷動。

最不引人注目的方法就是拋售給國王。因為國王知道很多內幕，所以事到如今再多個雞蛇也沒什麼大不了的。而且考量到素材的販售途徑，賣給國王是最好的方案。

我一邊這麼想著，一邊搓揉熊急的肚子，放在桌子上的白熊玩偶手套就開始發出「咿～咿～」的叫聲。

「優奈姊姊，熊熊的手套正在叫耶。」

「是熊熊電話吧。修莉打來了嗎？」

只有菲娜、露依敏和修莉這三個人持有熊熊電話。既然這裡有其中兩個人，那就一定是修莉

打來的。

我戴上熊熊玩偶手套，從熊熊箱裡取出熊熊電話。

「喂？修莉？」

『優奈姊姊？』

「怎麼了？發生什麼事了嗎？」

『因為爸爸說他很擔心姊姊，所以我就想聽姊姊的聲音了。』

「爸爸擔心我？」

菲娜對熊熊電話問道。

『嗯，吃飯的時候，爸爸一直在擔心姊姊有沒有受傷，或是被魔物攻擊。媽媽和我都說有優奈姊姊在，所以不用擔心，可是他又擔心姊姊會不會跟優奈姊姊走散。』

「爸爸……」

看來根茲先生真的變成一個傻爸爸了。有像菲娜和修莉這麼可愛的女兒，難怪他會變成這樣，但過度保護也是一個問題。

「呃，爸爸不知道熊熊電話的事，我也不能叫他別擔心……修莉，爸爸和媽媽就拜託妳了。還有，妳的熊熊電話好像不能打給我的熊熊電話，所以有什麼事就告訴優奈姊姊吧。」

『嗯，好。姊姊也要小心喔。』

通話結束時，露依敏走了過來。

「優奈小姐，碗都洗好了。妳們剛才是在跟菲娜的妹妹說話嗎？」

「嗯，她叫做修莉，是個長得跟菲娜很像的可愛女孩。」

雖然個性不同，但她們倆都是很可愛的女孩。

「修莉啊，希望以後有機會見到她。」

露依敏和修莉都知道熊熊傳送門的事，所以任何一方都能去見對方。我可以帶露依敏去克里莫尼亞，也可以帶修莉去精靈村落。

「可以啊，只要我下次帶其中一個人去見另一個人就行了。」

「我很想去優奈小姐和菲娜居住的城市看看。」

「我也想跟修莉一起去精靈村落散步。」

看來雙方都很想去彼此居住的地方。

「反正有熊熊傳送門，妳們可以互相拜訪。雖然不能常常來往，但偶爾還沒關係。」

「優奈小姐，謝謝妳。到時候就拜託妳了。」

露依敏和菲娜都露出高興的表情。

「那麼，我們也差不多該洗澡，準備上床睡覺了。」

「一般人露宿野外的時候可沒辦法洗澡呢，真是奢侈。」

「優奈姊姊，熊緩和熊急也可以跟我們一起洗嗎？為了感謝牠們載著我們一整天，我想幫牠們洗澡。」

「熊緩和熊急？」

我轉頭望向熊緩和熊急。

「你們覺得呢？」

我詢問牠們本熊。

牠們同時叫了一聲，靠近菲娜。

「牠們說要一起洗。」

「既然這樣，優奈小姐也一起洗吧。大家分開洗澡很花時間的。」

「我晚點再洗就好了。」

我比較喜歡一個人悠閒地洗澡。

可是，露依敏和菲娜抓住我的手腕，拉著我走。

原本坐在椅子上的我被她們拉了起來。

「我可以幫妳洗背。」

「我來幫忙洗頭髮。」

連熊緩和熊急都靠過來磨蹭我了。我嘆了一口氣。

「我知道了啦。我會一起洗的，別拉了。」

我無法拒絕兩人兩熊的邀約，於是答應跟大家一起洗澡。

菲娜和露依敏不只替熊緩與熊急洗澡，還仔細地洗了我的背部與頭髮。

為了回饋她們，我當然也替她們洗了背部與頭髮。

偶爾跟大家一起洗澡也不錯。

隔天早上，兩人或許是睡得很香，我起床的時候，她們就已經起床了。

「妳們起得真早。」

「對呀，因為軟綿綿的被窩很舒服，我馬上就睡著了。」

「我本來想跟菲娜聊天的，但是被窩太舒服，讓我一下子就睡著了，所以今天起得特別早。」

啊，被窩的確又軟又舒服。可能是因為我前幾天有曬過棉被。我曬好之後馬上就收進了熊熊箱，所以才能維持剛曬好的狀態吧。

因此，兩人一躺進被窩便馬上睡著，隔天早上才會特別早起。

我每天都穿著舒適的熊熊服裝，而且睡在熊緩與熊急的頂級毛皮之間。睡眠品質好，隔天起床時就會神清氣爽。所以我很能體會她們的心情。

可是，如果一早起來就沉醉在舒適的被窩裡，有時候會忍不住睡起回籠覺。我就不知道睡了幾次回籠覺。

「幸虧我有先曬棉被。」

我們吃完早餐後，朝著路德尼克城出發。

露依敏喃喃唸著「我記得應該是這個方向」、「既然看得到那座山……」、「快回想啊我！」等令人不安的發言，帶著我們前進。

從熊熊地圖看來，我們確實是在朝同樣的方向前進。我決定交給露依敏，除非她說我們迷路了。

我在熊急背上吃著洋芋片和冰淇淋，欣賞周遭的風景。我當然也有分給另外兩個人吃囉。

「只要走這裡……」

載著露依敏和菲娜的熊緩往前奔跑。我們穿越森林，來到一片草原。我們好像走出森林了。

「繼續往前走，應該就能看到一條路了。」

我叫熊緩和熊急奔過草原。

「優奈姊姊，那裡有路。」

正如露依敏所說，我們眼前有一條可供馬車通行的大道。

「往這邊前進就會抵達矮人之城——路德尼克了。」

剛才還一臉不安的露依敏頗有自信地說道。

看來露依敏是個有心就辦得到的孩子。

「露依敏，矮人之城是個什麼樣的地方？」

「這個嘛，那裡有很多矮人。」

「嗯，我想也是。」

這個答案很有露依敏的風格。

「當然不只有很多矮人，還有冒險者會來買武器和防具，也有商人會來採購矮人做的物品喔。」

「妳上次來是去做什麼的？」

「我是去買成年精靈會拿到的武器。買武器是為了保護精靈村落。因為男性精靈有保衛村落的責任，所以成年時爺爺會……長老會授予他們武器。我當時就是跟爸爸一起來採買的。」

經她這麼一說，我去精靈村落的時候，確實有遇到正在森林裡巡邏的拉比勒達等人。

我想精靈應該會做弓箭，但或許是不會做刀劍類的武器，所以才要出去採買吧。

我對精靈沒有什麼打造刀劍的印象。

後來我們沿著幹道前進，為了避免熊緩和熊急嚇到別人，我們一邊避開路上的旅人，一邊靠近路德尼克城。

「我們差不多該從熊緩和熊急的背上下去，用走的了。」

騎著熊緩與熊急前往陌生城市會嚇到居民。在克里莫尼亞不需要擔心這個，但去第一次造訪的城市就得特別注意。

「可是，我們用走的過去，人家不會覺得奇怪嗎？」

「露依敏，這附近有什麼城鎮或村子嗎？」

如果附近有城鎮或村子，就算有人用走的過去也不奇怪。

「呃，因為我只有從捷徑去過路德尼克城，所以不清楚附近有什麼。」

露依敏露出抱歉的表情。這也沒辦法。而且，她只有來這裡辦事過幾次，當然不會知道城市周圍的詳細狀況。

我拍手幾次，用熊熊玩偶手套發出噗噗噗的聲音。因為我不是赤手，這種時候就會有點困擾。

「我問妳們！到底是一個小孩子、一個女精靈和打扮成熊的我用走的進入城市比較奇怪，還是騎著熊緩和熊急靠近城市比較奇怪？」

熊熊玩偶手套輪流指向菲娜、露依敏和我。我們最後望向熊緩與熊急。

聽完我的問題，兩人看著我們自己。不管怎麼看都很可疑。我們太沒有共通點了。如果我們三個都是精靈，看起來至少沒有那麼奇怪。我們的年齡、種族和服裝都各不相同。

露依敏舉起手。

「我覺得只要優奈小姐脫掉熊熊衣服就沒問題了！」

「駁回！」

我立刻回答。

我是第一次來到這座城市，不知道會發生什麼事。或許會有人來騷擾我。保護菲娜和露依敏也是我的職責。請不要吐槽「在這裡脫掉熊熊布偶裝就可以降低被騷擾的機率了」。

「可是，跟熊緩和熊急一起去會嚇到人吧。」

我們遲遲得不出答案，正在討論該如何是好的時候，熊緩叫了一聲，看著後方。我們沿著熊緩的視線望過去，看到一輛附有屋頂的載貨馬車正以驚人的速度駛來。

我正要叫熊緩和熊急往路邊靠的時候，坐在馬車上的人對我們揮手了。

那該不會是……？

馬車放慢速度靠近，停在我們面前。我看到坐在駕駛座的人，感到很驚訝。為什麼她會在這裡？

「我就知道是優奈。」

「梅爾小姐？」

坐在駕駛座上的梅爾小姐高興地看著我。

「我果然沒有看錯。」

「喂，梅爾！不要突然加速啊！」

傑德先生從駕駛座後方探出頭。

「傑德先生和梅爾小姐怎麼會在這裡？」

「我也在。」

瑟妮雅小姐也探出頭來。既然如此，應該還有另一個人。

「痛死了，妳害我撞到腰了啦。」

418 熊熊與傑德先生一行人重逢

梅爾小姐、瑟妮雅小姐、傑德先生和托亞依序走下馬車。梅爾小姐與瑟妮雅小姐立刻走向熊緩與熊急，抱住牠們。

「熊緩和熊急還是一樣這麼可愛。」

「好可愛。」

「「咿～」」

兩人撫摸著熊緩與熊急。

「對了，為什麼優奈會在這裡？」

梅爾小姐一邊撫摸熊緩，一邊這麼問道。

「我駕駛馬車的時候，看到前面有黑色和白色的熊走在路上，上面還載著黑色的東西，就算距離很遠，我也知道是優奈。而且，妳還帶著兩個可愛的女孩子。」

梅爾小姐轉頭望向菲娜和露依敏。

「我記得妳叫做菲娜吧。我們上次見面是校慶的時候，妳還記得我嗎？」

「是，我還記得。那邊那位傑德先生也有一起協助肢解的工作。」

「很高興妳還記得我們。」

聽到菲娜的回應，傑德先生露出高興的表情。

菲娜在我去冒險者公會接下狩獵虎狼的委託時遇到他們，又在校慶的魔物與動物肢解攤位跟傑德先生和梅爾小姐重逢。

「我們好像沒見過那邊那個女孩？」

「我是露依敏，受過優奈小姐不少照顧。」

露依敏輕輕低頭行禮，並自我介紹。

「優奈，妳又有新的女孩子啦？」

「不要說得那麼難聽。又有新的女孩子是什麼意思？」

「因為校慶的時候，妳不是也帶著很多可愛的女孩子嗎？」

梅爾小姐說起以前發生的事。當時我確實帶著菲娜、修莉、諾雅和提莉亞。他們應該沒看到希雅和米莎吧？

「而且卡麗娜好像也很喜歡妳。」

經她這麼一說，我就啞口無言了。

菲娜小聲反問：「卡麗娜？」

「對了，為什麼優奈會帶著這兩個孩子出現在這裡？」

因為話題扯遠了，於是傑德先生重新這麼問道。

「那是因為……」

我一時語塞。

雖然也可以說出熊礦的事，但要是被問到詳細情形就麻煩了。既然如此，我的回答很有限。

「我來參觀矮人之城，順便買鍋子……」

「參觀矮人之城？」

「買鍋子？」

「而且還特地帶著菲娜從克里莫尼亞跑來？」

包括傑德先生在內，所有人都用傻眼的表情看著我。

我都明白。沒有人會只為了參觀城市或是買鍋子，就特地從克里莫尼亞跑到路德尼克城。所以，拜託你們別用那種眼神看我。

「我倒想問傑德先生，你們為什麼會來這裡？你們主要的工作範圍不是王都嗎？」

「為了替托亞買祕銀之劍，我們正要去路德尼克城。」

上次在沙漠見面的時候，他們確實有提到要替托亞買祕銀之劍。可是，王都也買得到祕銀之劍，應該不需要特地跑到這種地方來買吧？

我提出這個疑問，托亞就開始慌了。

「啊，那是因為……」

「等一下，不要說出來。」

托亞想阻止正要開口解釋的梅爾小姐，但梅爾小姐似乎是抱著捉弄他的心態，繼續說道：

「呃，優奈不是有請一位叫做加札爾先生的鐵匠來打造祕銀小刀嗎？托亞說他也想請加札爾先生替自己做武器。反正我們本來就打算訂購托亞要用的祕銀之劍，所以到這裡還沒什麼問題。加札爾先生卻拒絕了。」

「嗚哇啊啊啊！就叫妳別說了嘛。」

托亞一臉苦惱。

「加札爾先生拒絕了？他都幫我做了小刀，我還以為他不會拒絕客人呢。」

我帶了祕銀材料去委託他，他就替我做了小刀。我想他應該不是會以貌取人的類型。

「正確來說是被加札爾先生趕出來了。」

「被趕出來了？」

我完全聽不懂。既然把人趕了出來，就等於是拒絕幫他做武器吧。

「因為托亞被入口的魔偶擺飾嚇到了。」

「我才沒有嚇到，只是很驚訝而已。」

「還不是一樣。然後，被魔偶嚇到的托亞忍不住往後退，把後面的武器和防具弄倒了。」

沒想到世界上真的有人會做出這種漫畫般的行為。

「所以加札爾先生很生氣地說：『冒險者怎麼可以怕魔偶！』」

「這不能怪我啊，看到鋼鐵魔偶站在那種地方，正常人都會嚇一跳吧。」

那尊鋼鐵魔偶肯定是我送的東西。

加札爾先生跟我說它很受冒險者的好評，原來還有像托亞這種被嚇到的冒險者啊。

「加札爾先生說被嚇到的人只有托亞喔。」

「嗚嗚，那是因為我只顧著看放在店裡的劍……突然見到它才會……」

「隨時注意周遭也是身為冒險者必備的資質。」

「嗚嗚。」

「而且，因為加札爾先生是很有名的優秀鐵匠，所以可能是會挑客人吧。」

「一定是第一眼看到托亞就覺得他不行了。」

梅爾小姐和瑟妮雅小姐半開玩笑地挖苦不斷找藉口的托亞。每被吐槽一句，托亞就更沮喪了。

「為什麼我不行，這個熊姑娘就可以？」

托亞指著我這麼說。

「托亞，你還是面對現實吧。優奈實力高強，你的實力很悲哀。」

瑟妮雅小姐露出悲哀的表情。看來她是想要用表情來形容托亞的實力。

「很悲哀是什麼意思？我的實力才不悲哀咧。」

我開始同情托亞了，於是決定稍微幫他說幾句話。

「我想加札爾先生應該是因為看到克里莫尼亞的鐵匠朋友寫給他的介紹信，所以才會幫我做武器的。」

「沒錯！這就是我跟她的差別。」

「我想應該不是。」

「我也覺得不是。」

「絕對不是。」

我難得幫托亞說話，傑德先生、梅爾小姐和瑟妮雅小姐卻立刻反駁了。

好吧，我也覺得不是。

「可是，就算不找加札爾先生，王都應該還有其他鐵匠吧。我想應該沒必要特地跑來這裡。」

說到王都的打鐵舖，我只知道加札爾先生的店。不過王都那麼大，絕對不可能只有一家打鐵舖。

「這個嘛，有是有，但因為祕銀礦石很難加工，所以會做祕銀武器的鐵匠也很少。雖然我們也可以委託其他鐵匠，但有認識的商人拜託我們去路德尼克城採買，所以我們才打算順道去路德尼克城訂做托亞的劍。」

這似乎才是他們出現在這裡的真正理由。

換句話說，托亞的劍只是順便而已。

「而且我的劍和瑟妮雅的小刀也是在路德尼克城訂做的，這樣正好。」

傑德先生低頭看著自己腰上的劍。

我們聽著傑德先生敘述來到這裡的原委，熊緩與熊急就發出了小小的叫聲。我確認四周，發現有馬車正朝這裡駛來。傑德先生等人也注意到這一點了。

「我們也差不多該移動了。畢竟還要找旅館，而且進入城市再慢慢聊也不遲。」

「我要騎熊緩過去。」

「那我要騎熊急。」

「優奈妳們就搭上馬車吧。」

梅爾小姐和瑟妮雅小姐這麼說，作勢爬到熊緩與熊急的背上。

等等，這樣不行。

「不要給優奈添麻煩。」

「關於這一點……」

我提到我們正在猶豫要騎著熊緩和熊急過去，還是用走的過去。

「那樣確實很引人注目。」

傑德先生看著熊緩、熊急與我。看來他剛才那句感想也包含了我。

所以，我說如果附近有村子或城鎮，我們打算謊稱自己是從那裡走過來的。

「附近確實有村子，也有人會走過來。不過……」

傑德先生這次輪流看著菲娜、露依敏和我。看來我也是這個團體的一分子。

的確，一個十歲女孩、一個精靈女孩再加上一個熊熊女孩（大人），看起來實在不像是來自村莊的人。

「既然這樣，妳們就搭我們的馬車吧。」

「可以嗎？」

「嗯，畢竟妳幫過我們不少忙。」

我接受傑德先生的好意，請他載我們一程。我感謝熊緩與熊急載著我們到這裡，然後召回牠們。

梅爾小姐和瑟妮雅小姐一臉不捨地目送熊緩與熊急。我回頭一看，發現菲娜和露依敏的表情也有點悲傷。

喜歡熊的人是不是增加了？

也對，畢竟熊緩和熊急這麼可愛，這也沒辦法。

我們搭上馬車，前往路德尼克城。

419 熊熊進入路德尼克城

傑德先生與托亞坐上馬車的駕駛座，駕著馬車前進。其他的人則坐在後方的載貨臺。

「話說回來，妳們真的是要去買鍋子的嗎？」

梅爾小姐不是問我，而是問菲娜和露依敏。她是不是不相信我說的話呢？

「是的，媽媽託我來買鍋子。」

「我也要幫媽媽和村裡的鄰居買。」

菲娜和露依敏附和了我的說法。聽到她們兩個人這麼說，梅爾小姐嘆了一口氣。

「原來是真的呀。按照優奈的作風，我還以為一定是為了工作呢。例如有凶暴的魔物出現之類的。」

「如果是要去那種地方，我就不會帶菲娜她們一起來了。而且妳為什麼會覺得有凶暴的魔物？」

「因為妳去的每個地方都會出現驚人的魔物嘛。妳要去狩獵哥布林的時候，剛好遇到哥布林王。後來不是還遇到黑蝰蛇嗎？」

梅爾小姐彎起手指細數，列舉各種魔物。

「黑蝰蛇不算啦。」

「不過，妳是主動去找牠的吧。」

「那是因為……」

「除此之外，還有巴伯德他們打不贏的魔偶呢。」

梅爾小姐再彎起一根手指。

我一時不記得巴伯德是誰，但一聽到魔偶就想起那支笨蛋戰隊了。

「而且，卡麗娜的那件事也一樣。」

梅爾小姐似乎是指巨大毒蠍的事。

而且梅爾小姐不知道我還打倒了一萬隻魔物、克拉肯與飛龍。這麼說來，我去過的每個地方確實都會出現強大的魔物。

話雖如此，那些魔物也不是我吸引過來的。我打倒牠們幾乎都是為了助人。

「優奈小姐，原來妳跟那麼多魔物戰鬥過嗎？如果再加上我們村裡的事……」

露依敏用梅爾小姐和瑟妮雅小姐聽不到的聲音低語。

真奇怪。

難道我是個會帶來不幸的人嗎？

不，應該不是吧。我只是碰巧去了本來就有魔物的地方而已。

所以，那些魔物絕對不是我吸引過來的。

「優奈，我是開玩笑的啦。妳不要這麼認真地煩惱嘛。」

梅爾小姐戳了一下我的臉頰。

「妳可不能忘了自己拯救過很多人喔。」

「優奈應該更驕傲一點。」

這一切都是多虧有神賜給我的熊熊裝備，所以我不能驕傲。

「我不想引人注目，所以不會自誇的。」

「妳打扮成這麼可愛的樣子，還不想引人注目嗎？」

「優奈打扮得很可愛。」

「我也覺得很可愛。」

「對呀，我也這麼覺得。」

梅爾小姐說完，瑟妮雅小姐、露依敏和菲娜都跟著附和。

這身可愛的熊熊裝扮也要怪神。

「對了，優奈，我想重新謝謝妳提供毒蠍的素材。我們訂做了不錯的防具喔。」

梅爾小姐一提到卡麗娜就想起了這件事，於是彎手捲起袖口，露出手腕給我看。她的手腕上戴著類似護腕的銀色裝備。

「這是用那隻毒蠍的甲殼做成的嗎？」

毒蠍並不是銀色的，所以似乎有經過上色。

「對呀，我們請人加工成裝備了。它的強度高卻很輕盈，使用魔法的我來戴也不會覺得礙手礙腳的。不過，我不會在戰鬥時靠近魔物，其實沒有必要。但考慮到緊急狀況，還是有戴比較安心。」

「我也訂做了手腕和腳上的裝備。」

瑟妮雅小姐讓我們看她的手臂和腳。瑟妮雅小姐的防具是黑色的。

「踢托亞的時候很方便。」

「那又不是讓妳踢人用的！」

坐在駕駛座的托亞出聲喊道。他似乎聽見我們的對話了。

「不過，重量比以前的防具輕，所以動作也更靈活了。」

傑德先生在駕駛座上轉動手臂。看來傑德先生也穿上了新的裝備。

「另外，因為認識的鐵匠說想要，所以我們把多餘的甲殼賣掉了，應該沒關係吧？」

「那是我送給你們的東西，你們想怎麼處置都可以。」

除了送給傑德先生等人的份以外，我手上的巨大毒蠍到現在都還沒碰過。我瞄了菲娜一眼。

她已經肢解過小隻的毒蠍，會不會也能肢解巨大毒蠍呢？

我試著想像菲娜肢解比自己的身高還要巨大的毒蠍。

嗯，這樣不行。萬一失敗，她會被甲殼壓扁的。

「也多虧如此，我們才能籌到替托亞買祕銀武器的一部分資金。」

那就太好了。

「托亞可要好好感謝優奈喔。」

「嗚嗚。」

「欸，快跟優奈說謝謝。」

「嗚嗚嗚嗚。」

雖然托亞背對我們，但我看得出來他很苦惱。

「沒關係啦。我是當作封口費送給你們的，只要你們遵守約定就好。」

不過，托亞依然開口說道：

「小、小姑娘，謝、謝謝妳啊。」

既然他那麼難為情，不用說也沒關係的。

而且，我們也交換了魔石。所以，我沒做什麼值得感謝的事。

不過，變賣甲殼的價錢該不會比我想像中更高吧？

我們聊著聊著，馬車便來到路德尼克城的入口。

我們在入口將公會卡放到水晶板上，然後進入城市。這個時候，看到我這身打扮的矮人守衛摸著長長的鬍鬚，露出訝異的表情，但我還是順利進入城市了。

這也是因為有傑德先生等人陪同嗎？

馬車繼續前進，往城市中駛去。

路德尼克是建立在礦山周圍的城市。這裡有兩座山，城市就位於這兩座山的山腳之間。

因為是矮人居住的城市，所以我還以為會有許多石造的房屋，但情況跟想像中不同，城市中也有許多普通的建築物。

「因為可能發生意外，所以打鐵舖大多是石造的建築。」

意外是指火災嗎？鐵匠是會用到火的工作。要是發生火災，延燒到附近的房屋，那就糟糕了。

木造房屋很易燃，這或許是古人傳承下來的智慧吧。

「話說回來，矮人的體型嬌小，遠看根本不知道是大人還是小孩子。」

托亞低聲說道。

我朝馬車外望去，確實如托亞所說，到處都是許多矮人。因為他們的身高都很矮，所以遠看就像小孩子一樣。

男性留著鬍子，所以還算好分辨，但女性就不太明顯了。

「就算是這樣，你也絕對不能在人家面前這麼說喔。」

「我才不會咧。」

在矮人面前提及身高好像是一大禁忌。

為了寄放馬車，傑德先生漸漸駛離市中心。

城市中有些寄放馬車或馬匹的地方。雖然要付費，但有人會幫忙照顧馬匹。有些旅館也提供寄放服務，然而因為空間的問題，大多數的旅館都無法寄放馬車。

所以，保管馬車或馬匹的工作才會存在。

如果到了期限都還沒有去認領，似乎就會被賣掉。

馬車在一個類似大型倉庫的地方停了下來。

「那麼，我要去寄放馬車了，大家先下車吧。」

我們聽從傑德先生的指示，走下馬車。

傑德先生進入倉庫中，寄放馬車。

「好了，我們去旅館吧。」

寄放好馬車的傑德先生領著我們走向旅館。

「旅館很遠嗎？」

我不太想在街上走太久。不出所料，在路上跟我們擦身而過的矮人都喃喃唸著「熊？」這個字。

在矮人眼裡，熊熊布偶裝果然也是很稀奇的裝扮。

「附近有旅館，但如果沒有空房，就得再走一段路了。」

那也沒辦法。

愈靠近寄放馬車的地方，旅館就愈容易客滿。然後，我們抵達最近的一間旅館，卻只有一間空房，於是我們只好去找下一間旅館。

我們需要三間房間。傑德先生和托亞一間，梅爾小姐和瑟妮雅小姐一間，我則和菲娜與露依敏同住一間。

梅爾小姐原本想跟我們住同一間，但我婉拒了她。

過了一陣子，我們順利在下一間旅館找到了房間。

「嗚嗚，我好想跟優奈住同一個房間喔。」

「難得熊緩和熊急都跟過來了。」

梅爾小姐和瑟妮雅小姐露出遺憾的表情。幸好有找到空房。我們可以不必擠在同一個房間，也不用再找其他旅館了。

我們訂了三人房，進去確認房間。

「優奈姊姊，我們真的不用付旅館錢嗎？」

「我有從媽媽那裡拿到錢耶。」

菲娜和露依敏很在意我替她們付清住宿費的事。

「妳們不用放在心上啦。是我自己要帶菲娜一起來的，而且露依敏也有幫忙帶路嘛。」

「優奈姊姊，謝謝妳。」

「優奈小姐，謝謝妳。」

我一開始就不打算讓她們兩個人出住宿費或餐費。付錢是身為**大人**的我應盡的責任。

確認過房間之後，我們吃了有點早的晚餐。

經營旅館的老闆當然也是矮人。可想而知，並不是所有的居民都從事打鐵的工作。有些人務農，也有些人經營旅館。

要是所有人都當鐵匠，城市就無法運作了。

「啊，餓死我了。我們快點餐吧。」

所有人都贊成托亞的提議，於是我們開始點餐。

「優奈明天是要去買鍋子吧？」

「是沒錯，但我也打算去一趟打鐵舖。」

「打鐵舖？」

「因為加札爾先生託我送信給他師父。」

我打算明天去送信。

我一提起加札爾先生的名字，托亞的表情就像是想起了討厭的事。

「加札爾先生的師父是誰？」

「我想想，名字好像叫做洛吉納吧？」

我一邊回想，一邊答道。

「洛吉納？該不會是那個洛吉納吧？」

「傑德先生，你知道嗎？」

就算他說那個洛吉納，我也不知道是哪個洛吉納。

「他非常有名，在這座城市算是數一數二的鐵匠。原來加札爾先生就是洛吉納先生的徒弟啊。既然如此，難怪他的技術那麼好。」

加札爾先生的師父似乎是這座城市的名人。

「那麼，你們也要請洛吉納先生打造托亞的劍嗎？」

「不，我們打算去上次訂做祕銀武器的打鐵鋪。就算我們突然去拜訪，洛吉納先生也不可能幫我們做武器的。而且，據說他一個月只做一把武器。」

「是嗎？」

「嗯，雖然只是傳聞。如果對做出的東西不滿意，他好像還會直接銷毀。」

他是哪來的陶藝家啊？我的腦中浮現陶藝家把不滿意的盤子等作品摔碎的畫面。

既然是鐵匠，應該會拿去熔掉吧？

「原來他是那麼有名的鐵匠啊。」

「可是，既然優奈是加札爾先生的熟人，他或許願意做喔。」

嗯～我已經有加札爾先生替我做的小刀，所以不需要其他武器。不過，最近我也開始有點

想要普通的劍了。可是，如果真的要做，我也打算委託加札爾先生。

而且，我不覺得那麼有名的鐵匠會願意幫我這種打扮成熊的女孩子做武器。

420 熊熊前往鐵匠街

我們開始談起今後的行程。

我預計去拜訪加札爾先生與戈德先生的師父——洛吉納先生。接下來還要去買湯鍋與平底鍋，並且上街觀光。我還沒有決定詳細的日程，但打算在這座城市停留幾天。

傑德先生他們預計去訂做托亞的祕銀之劍，還要採購商人委託的物品等，有幾件事要做，因此傑德先生一行人也會在這座城市待上幾天。

因為加札爾先生的師父——洛吉納先生的打鐵舖就在傑德先生等人要去的打鐵舖附近，我們明天也會跟傑德先生等人一起行動。

吃完晚餐的我們回到了房間。

梅爾小姐和瑟妮雅小姐很想跟我們一起睡，但我婉拒了。

「好了，明天還要早起，所以妳們兩個不可以熬夜喔。」

「好～」

「好的。」

我召喚了小熊化的熊緩與熊急，拜託牠們擔任護衛兼鬧鐘。

於是，菲娜和露依敏都看著熊緩與熊急。

「優奈小姐，我可以跟熊緩一起睡嗎？」

「我也要。」

好吧，反正我每天都能跟牠們一起睡，所以這次我決定讓給另外兩個人。

兩人高興地抱著熊緩與熊急躺到床上。

菲娜平時總是很乖巧，不會提出任性的要求，這種時候我才會重新認知到，她也只是一個十歲的孩子。

然後，或許是熊緩與熊急抱起來太舒服了，兩人一鑽進被窩便馬上進入夢鄉。

隔天早上，比較早起床的菲娜和露依敏叫醒了我。

她們好像是被熊緩與熊急的肉球拍醒的。看來熊緩與熊急鬧鐘有確實啟動，叫醒了菲娜和露依敏。

兩人說她們起床的時候覺得神清氣爽。熊緩與熊急似乎沒有在她們的肚子上跳，或是趴到她們的臉上。那種感覺真的很痛苦。

我召回熊緩與熊急，換好衣服後帶著兩人移動到一樓的餐廳。

梅爾小姐和瑟妮雅小姐已經到餐廳了。我們坐在同一張餐桌，點了早餐。

「嗚嗚，真令人羨慕。」

「妳們兩個太賊了啦。」

從菲娜和露依敏口中聽說她們跟熊緩與熊急睡覺的事，梅爾小姐和瑟妮雅小姐都一臉羨慕。

然後，我們的餐點上桌時，傑德先生和睡眼惺忪的托亞來了。

傑德先生和托亞說他們昨天喝酒到很晚的時間。

對了，我記得遊戲和小說裡經常提到矮人很愛喝酒的設定，這個世界的矮人也一樣愛酒嗎？

如果能買到當地特產的酒，拿去送給加札爾先生與戈德先生也不錯。

吃完早餐之後，我們動身前往打鐵舖。

我把熊熊兜帽往下拉，邊走邊參觀路德尼克的街道。這個方法可以避免接觸到別人的視線。

「…………」

梅爾小姐先看看四周，再瞄了我一眼。

「…………」

瑟妮雅小姐一語不發地看著我。

「大家都在看妳呢。」

傑德先生低聲說道。

「小姑娘，妳要不要乾脆脫掉那身衣服？雖然我知道妳很喜歡熊，但也用不著每天都穿吧。」

托亞不知道熊熊服裝的外掛能力，又很在意周圍的視線，於是這麼說道。為了應付突發狀況，我不能脫掉這套熊熊服裝。

最重要的是，如果沒有熊熊裝備，我就會變得弱不禁風。

「托亞，你在說什麼啊！要是脫掉熊熊衣服，那就不是優奈了。」

梅爾小姐對托亞的發言表示氣憤，瑟妮雅小姐則靜靜地踹了托亞一腳。

我很高興她們站在我這一邊，但脫掉熊熊服裝就不是我的說法好像也有點過分。雖然卸下熊熊裝備以後，我確實是個體力比菲娜還差的普通人。

「什麼嘛。還不是因為她很引人注目，我才這麼說的。每個人都看著她耶。」

我確實很引人注目。雖然在克里莫尼亞被路人盯著看的頻率已經減少了，但每次前往新的城市，我總是會吸引好奇、驚訝、稀罕等各種目光。矮人孩子也會用手指著我喊：「有熊熊耶～」穿著熊熊布偶裝，走到哪裡都會遇到同樣的反應。

托亞似乎很在意這些視線和反應。

「既然這樣，我可以一個人走在遠一點的地方。」

如果人家不想跟我走在一起，我也不會跟對方走在一起。雖然有點寂寞，但我一個人走在稍遠的地方就行了。請不要小看邊緣人。

「說什麼傻話，我怎麼可能讓優奈忍受這種委屈？如果不想引人注目，托亞就一個人走吧。

我要跟優奈在一起。」

「我也是。」

「我也要跟優奈姊姊一起走。」

「我也會跟優奈小姐在一起的。」

「妳們……」

梅爾小姐抱住我的肩膀，瑟妮雅小姐從後面抱住我，菲娜牽著我的手，露依敏也接著回答。

大家說的話讓我很高興。

托亞對女生們的發言感到不知所措。為了求救，托亞看著傑德先生。

「我也會跟優奈一起走的。反正我不太在意這種事。」

「傑德～～～」

被同為男性的傑德先生背叛，托亞只好稍微遠離我們，一個人走在街上。

「話說回來，不覺得人潮很多嗎？」

「就是啊，比上次來的時候還要多呢。」

「有很多冒險者和商人。」

傑德先生、梅爾小姐和瑟妮雅小姐看著四周，這麼說道。

路上不只有矮人，的確也有很多普通人。我還以為這個地方一直都是這樣。

「不是平常來採買的人潮嗎？」

「嗯～就算是，好像也有點多呢。」

傑德先生好奇地看著周遭。

即使在這裡思考也不會有答案，所以我們結束對話，來到許多打鐵舖林立的區域。聽說打鐵舖集中在這裡的一角，到處都傳出響亮的打鐵聲。

如果住宅街這麼吵，連睡午覺都沒辦法。就是因為如此，打鐵舖才會集中在同一個區域嗎？要是住在這種地方，我一定會想搬家。

「傑德先生，你們訂做祕銀之劍的打鐵舖很有名嗎？」

我聽說製作祕銀武器是一種困難的技術。所以，那裡的鐵匠或許也有一定的程度。傑德先生的回答卻不是我想的那樣。

「這個嘛，我也不知道。畢竟這座城市的鐵匠全都很優秀。」

「這種時候應該說『最優秀』吧。」

我正要反問「是嗎？」的時候，有人搶先回應傑德先生了。傑德先生趕緊環顧四周，一找到聲音的主人便露出驚訝的表情。

「庫賽羅先生？」

「傑德，好久不見了。我做的劍該不會斷了吧？」

下巴留著茂密鬍鬚的矮人露齒一笑。

「劍沒有斷啦。」

「話說回來，你身邊的小姑娘打扮得還真有趣。」

傑德先生稱之為庫賽羅先生的矮人看著我。

「從後面看到的時候，我還在想是什麼呢。那是熊的裝扮吧。」

庫賽羅先生目不轉睛地盯著我。不論如何，我決定先自我介紹。

「呃，我叫做優奈。傑德先生很照顧我。」

「我叫庫賽羅，是個鐵匠。可惜傑德似乎不覺得我是最優秀的鐵匠。」

「庫賽羅先生……你在我心中是最優秀的。」

「哼！不必講什麼客套話。只要你珍惜我做的劍，那就夠了。」

「我一直都很珍惜。」

傑德先生輕觸腰上的劍。

「我也一直在用。」

瑟妮雅小姐也這麼答道。

兩人的回答讓庫賽羅先生很高興。

「所以傑德，你們為什麼會來這座城市？而且那些小孩是梅爾的女兒嗎？」

他看著我們這麼說，但應該不包括我吧？

「我還沒到那個年紀啦。」

梅爾小姐拉著庫賽羅先生的鬍子，這麼否認。

「呵呵，那還真抱歉。對了，我好像見過那邊那個精靈女孩。」
「我是露依敏，以前有跟爸爸一起來買過劍。」
「啊，是跟阿爾圖爾一起來的女孩啊。」
根據兩人的對話，露依敏以前似乎是來庫賽羅先生的店裡買武器的。
這世界真是既廣大又狹小。如果庫賽羅先生還是加札爾先生的師父，那就太狹小了。
「妳這次也是來買劍的嗎？」
「我今天是來替媽媽買鍋子的。」
「……鍋子啊……其實我也想幫妳做，但我專做武器。」
庫賽羅先生道歉，但這也沒辦法。就算同樣是金屬的加工，領域也不同。即使材料很接近，做法也不一樣。
「對了，那個打扮成熊的小姑娘和另一個小姑娘好像不是精靈呢。」
「打扮成熊的那位是優奈小姐，而這位小妹妹叫做菲娜。她們是我的朋友。雖然住在不同的城市，但我們是一起來的。」
看來露依敏早就把我們當成朋友了。
雖然有點害羞，但我不打算否認，於是跟菲娜一起向對方打招呼。
「我知道這些小姑娘為什麼會來了，但你們怎麼會跟這個精靈女孩在一起？應該不是來跟我買鍋子的吧。」

「不是那樣的，我們這次是想請你幫忙打造托亞的劍。」

傑德先生轉頭望向站在稍遠處看著我們的托亞。

「托亞的劍？既然這樣，他為什麼一個人站在那裡？」

庫賽羅先生的目光轉向正在偷偷瞄著我們的托亞。

如果是某個遊戲，這時畫面上就會出現「托亞看著我們，似乎很想成為夥伴！」的字幕，然後跳出「接受」、「不接受」的選項。

傑德先生看到托亞這個樣子，輕輕嘆了一口氣。

「托亞，你也差不多該過來了吧！」

傑德先生選擇了「接受」的選項。

被傑德先生一叫，托亞很高興地跑了過來。看來他也覺得一個人很寂寞。

「好吧，我們去店裡談談。」

庫賽羅先生邁出步伐，我們也跟上他的腳步。

庫賽羅先生的店面很寬敞，是一間石造房屋。店內傳出打鐵的聲音。

屋裡很有打鐵舖的風格，牆上掛著各種刀劍。

雖然戈德先生和加札爾先生的店裡也掛著武器，但數量好像沒這麼多。其中也有祕銀之劍嗎？

「所以，你們要我替托亞做一把劍嗎？」

「可以拜託你嗎？」

「你們不是要那邊那種劍吧。」

庫賽羅先生看著掛在牆上的劍。

「我們想請你打造一把祕銀之劍。」

「祕銀啊。」

庫賽羅先生看著托亞。

「如果是托亞的請求還很難說，但既然是傑德的請求，我也不是不願意做。不過，托亞懂得運用祕銀之劍嗎？如果無法運用自如，我可不打算做。」

「應該算是勉強可以吧。我想接下來就看托亞的努力了。」

「勉強啊。既然傑德都這麼說了，我就先幫你看看。至於要不要做，我會自己判斷。」

他說看看，到底是要怎麼看呢？

就像加札爾先生幫我做小刀時一樣，觀察手掌嗎？

漫畫裡的人物有時候會從揮劍造成的血泡，或是手部皮膚的硬度來判斷，會不會就類似這樣呢？

如果是用這種標準來判斷，看到我這麼軟趴趴的手，肯定沒有鐵匠願意幫我做武器。

幸好我當初是委託加札爾先生。

421 熊熊觀摩托亞的測驗

「測試托亞之前，我想問問傑德，你已經跟別人簽約了嗎？如果還沒有，要不要跟我簽約？」

「……簽約？」

傑德先生反問庫賽羅先生。我看了傑德先生和其他成員的臉色，他們似乎都不懂庫賽羅先生的意思。

「怎麼，你不知道嗎？」

「我們昨天才剛抵達這座城市，去旅館住了一晚之後就直接來這裡了。」

「你知道這座城市的考驗之門嗎？」

考驗之門？那是什麼？聽起來好像很有趣。

「考驗之門……？啊，那個啊。」

傑德先生一瞬間陷入沉思，但又馬上想起了什麼，輕輕點頭。

「對喔，這座城市還有那種東西。」

「嗯，的確有呢。」

「我都忘了。」

梅爾小姐和瑟妮雅小姐好像也懂了，大家都恍然大悟。不過，我、菲娜和露依敏都一頭霧水。

「什麼是考驗之門？」

我不懂，於是開口發問。

我這麼一問，傑德先生等人就向我說明了。

這座城市好像有一扇門稱為考驗之門。據說為了確認鐵匠的能力，考驗之門會一年一度開啟幾天的時間。鐵匠可以在那裡測試自己這一年進步了多少，見習鐵匠也會去那裡測試自己的實力。

「所以冒險者才會變多啊。」

「為什麼這件事會讓冒險者變多？」

「那還用說。因為鐵匠是打造劍的人，而冒險者是使用劍的人。」

據庫賽羅先生的說法，考驗之門需要製作武器的鐵匠和使用劍的人。鐵匠的確不會跟魔物、動物或人戰鬥。用劍是冒險者或劍士的工作。

「所以傑德，你要不要用我做的劍去參加？當作是簡單的試砍測驗就行了。」

「要參加是可以，但就算不拜託我，庫賽羅先生應該也有很多冒險者常客吧？」

「是啊，我每年都會拜託固定的冒險者。我今年本來也是拜託那個冒險者，但又在幾天前接到他受傷的消息。我認識的其他冒險者不是已經跟別的鐵匠簽約，就是聯絡不上。」

所以才會找上傑德先生啊。

「我本來心想不參加也無所謂，但又覺得有必要確認自己的技術沒有退步。而且，你正好就在這個時候現身，我當然要開口問問了。」

據說長年參加的鐵匠幾乎每年都會委託同樣的人。這是因為人選與實力會影響結果。即便是同樣的武器，也會依使用者而異。

鐵匠會去考驗之門確認自己的技術，得知自己究竟是進步還是退步。根據測試的結果，有些人甚至會考慮退休。

冒險者當然也會有進步或退步的情形，但如果連這個都要計較可就沒完沒了了。

聽說有些鐵匠也會為了誇耀自己的劍，特別委託優秀的冒險者。

「庫賽羅先生不以第一名為目標嗎？」

「我比較喜歡跟你們這樣的人打交道。就算要我打造獻給王室的武器，或是替騎士大人做出頂級的劍，我也覺得很麻煩。那種工作就讓給想做的人去做吧。我要自由自在地打鐵，如果能做出好東西，我就心滿意足了。」

庫賽羅先生露齒一笑。

說得也是。就算能做出一把好劍，也不一定能做出第二把好劍。如果隨隨便便就能做出最頂級的武器，大家就不用那麼辛苦了。

而且那應該也不是說做就做得出來的東西。

「花一輩子打造一把最高傑作也好，像我一樣替冒險者做各種武器也罷。每個人都有各自的生活方式。」

庫賽羅先生摸著長長的鬍子這麼訴說，我彷彿能感覺到他長年累積起來的信念。

「我明白了。不嫌棄的話，我很樂意跟你簽約。」

「你幫了大忙。」

話題到此結束，終於要開始測試托亞的實力了。

庫賽羅先生走向別處，傑德先生則對我說道：

「優奈，妳打算怎麼辦？如果要去洛吉納先生那裡，我請梅爾幫妳帶路。」

嗯～該怎麼辦呢？

我個人很想看看庫賽羅先生要怎麼判斷托亞的實力。如果就跟我想像的一樣，只是要看手，在這裡就能判斷了。不過既然他走去了別的地方，事情似乎不是我想的那樣。

如果能得知他的判斷基準，今後或許能派上用場。

「我也想知道托亞能不能通過測試，所以想看過之後再走。」

反正我也不急著去找洛吉納先生。

「菲娜和露依敏也可以接受嗎？」

「好的，沒關係。」

「我也很好奇托亞先生會怎麼樣，想留下來看看。」

菲娜和露依敏好像也有興趣。

也對，都來到這裡了，不好奇才怪。不過，身為主角的托亞似乎不這麼想。

「不用一起來也沒關係啦。妳們不是還要去別的地方嗎？」

托亞不太希望我跟過去。對方愈排斥，我就愈想跟，這就是人性。

「要是被拒絕就糗大了。」

「糗大了。」

梅爾小姐和瑟妮雅小姐代為說出托亞的心聲。

「我才不會被拒絕咧！」

這麼說難道不會一語成讖嗎？

「既然這樣，優奈她們也可以一起看囉？」

「嗚嗚。」

結果，托亞找不到趕走我們的藉口，只好放棄。

「對了，庫賽羅先生，你有收徒弟嗎？」

從剛才開始，深處就不斷傳來打鐵的聲音。傑德先生望著傳出聲音的方向，這麼問道。

「那是我兒子。因為他說想成為鐵匠，所以我正在教他。他每天都在打鐵，但還差得遠呢。」

我們聽見一陣陣響亮的聲音。如果只聽聲音，就會覺得他很勤奮。

「傑德，你知道後院在哪裡吧。你們去那裡等我，我準備好就過去。」

我們聽著從屋子深處傳來的打鐵聲，走向後院。

「話說回來，他到底要托亞做什麼呢？」

「等庫賽羅先生來就知道了。」

我們在後院等了一陣子，庫賽羅先生便帶著幾把劍來了。

「托亞，現在開始，我要測試你。」

「好、好的。」

托亞有點緊張地答道。

庫賽羅先生把手上的其中一把劍交給托亞。

「雖然比不上做給傑德的劍，但這是我以前做的祕銀之劍。」

托亞接過他遞出的劍。

然後，庫賽羅先生把手上的另一把劍插到地面上。

「這是我兒子打的鈍劍。你用那把祕銀之劍來砍這把劍吧。如果你砍得斷，我就替你打造祕銀之劍。」

托亞交互看著插在地上的劍與自己手上的劍，點了點頭。

「我知道了。」

托亞從劍鞘中拔出劍，站到插在地上的劍前面。他輕輕深呼吸，握緊劍柄。然後，他揮劍砍向插在地上的劍。

插在地上的劍沒有斷掉，而是彈飛出去，掉落到地面上。

所有人都交互看著彈飛的劍與托亞。

「等一下，再讓我試一次。」

托亞撿起彈飛的劍，再度插到地面上。然後，他深呼吸，讓心冷靜下來。接著，托亞再次揮劍。可是，結果還是跟剛才一樣。

托亞凝神盯著手上的劍。大家都沉默地看著托亞的身影。

「庫賽羅大叔，這把劍是不是鈍了？」

庫賽羅先生不發一語地撿起彈飛的劍，插到地面上。然後，他從托亞手中接過祕銀之劍，遞給傑德先生。

「傑德，你來試試看吧。不要手下留情，那可幫不了托亞。」

傑德先生靜靜地接過祕銀之劍，朝插在地上的劍使勁一砍。於是，插在地上的劍從正中央斷掉了。

「這就是傑德跟你的差別。對你來說，現在就用祕銀之劍還嫌太早。就算我替你做，也只是浪費祕銀罷了。」

話也不必說得這麼狠吧。

「托亞……」

傑德先生、梅爾小姐和瑟妮雅小姐都露出擔心的表情。托亞握緊了拳頭。

「只要願意出錢，其他鐵匠就願意幫你做。你去找別人吧。」

「庫賽羅先生……」

傑德先生似乎想說些什麼，但托亞制止了他。

「庫賽羅大叔，只要能砍斷就行了吧？」

托亞原本不甘心地低著頭，現在卻抬起頭，用堅定的眼神看著庫賽羅先生的眼睛問道。

「沒錯，砍得斷，我就替你做。」

托亞走向傑德先生，接過祕銀之劍。

「大叔，這把劍借我一下！我一定會在這幾天內砍斷的。」

庫賽羅先生注視著托亞。

「拜託你……」

托亞低下頭。

庫賽羅先生注視著低頭的托亞。

「好吧，我就借給你。另外，你也可以拿走那邊的劍。」

他指著剛才的鈍劍。

「就這麼說定了。」

托亞帶著看似庫賽羅先生的兒子做的幾把劍，一個人離去。

「托亞！」

傑德先生喊道。

「我去找他，傑德和梅爾留下來吧。」

說完，瑟妮雅小姐追上了托亞。

菲娜和露依敏不知該如何是好，一下子看著托亞和瑟妮雅小姐離去的方向，一下子看著傑德先生與梅爾小姐，最後再看著我。

「他沒事吧？」

我也不知道該怎麼辦，所以這麼問傑德先生。

「嗯，現在就交給瑟妮雅處理吧。」

「托亞不會有事的。」

傑德先生與梅爾小姐看著兩人離去的方向，這麼說道。

雖然我有點擔心，但既然瑟妮雅小姐追上去了，應該沒問題吧。

「不過，庫賽羅先生，你會不會對托亞太嚴厲了？以前並沒有這種測試吧。」

要說嚴厲，確實很嚴厲。可是，有些遊戲的武器要有足夠的力量數值才能裝備。如果自己的能力不夠，就無法裝備性能更好的武器。

庫賽羅先生背對我們，這麼說道：

「沒什麼了不起的理由，只不過是我自作主張。」

「自作主張？」

「不久前有個用了我的劍的新人冒險者死了。因為拿到好劍，他就誤判了自己的實力。他因此跑去跟強大的魔物戰鬥，一轉眼就死了。」

「…………」

「那並不是庫賽羅先生的錯。」

只能怪新人冒險者不清楚自己的實力，做出有勇無謀的事。那就像普通人拿到勇者之劍，自以為「我超強～」一樣。傑德先生說得對，我不覺得那是庫賽羅先生的錯。

「也許吧。但是，我只做符合實力的劍。如果托亞辦不到這個程度，我就不會幫他做。所以，如果他想要祕銀之劍，就去找其他的鐵匠吧。」

庫賽羅先生撿起傑德先生砍斷的劍，看著切口處。

「你變強了呢。」

「庫賽羅先生……」

「我的話就說到這裡。幫我轉告托亞，期限只到考驗之門關閉為止。」

「我知道了。」

現在只能祈禱托亞可以辦到了。

422 熊熊挑戰測驗

我看著插在地面上，被傑德先生砍斷的劍。

劍身斷得非常俐落。他並不是把劍打斷，而是砍斷。看著這把劍，我的內心也湧現想挑戰看看的衝動。說到鐵，我曾經在試用祕銀小刀的時候砍過鋼鐵魔偶的手臂，但我沒有劍。如果沒有確實砍斷，大概就會像托亞一樣把劍打飛，或是把劍打斷。不管是打飛還是打斷，都算失敗。

嗯～我好想試試看喔。

可是，祕銀之劍被托亞帶走了。要不要用加札爾先生的小刀來試呢？

我正在思考要怎麼辦時，梅爾小姐向我搭話了。

「優奈，妳怎麼了？該不會是想試試身手吧？」

我被讀心了。

還是因為我的表情太明顯？

我用雙手的熊熊玩偶手套按摩自己的臉頰，以免表情被看穿。

「我的確想試試看，但這是托亞的測驗，我不知道該不該這麼做。」

因為這是托亞的測驗，我覺得自己不應該抱著好玩的心態去嘗試。

「原來妳在擔心這一點啊？不過，優奈，我知道妳會用魔法和小刀，但妳也會用劍嗎？」

「這個嘛，算是會啦。」

剛來到這個世界的時候，我曾試著使用便宜的劍。小刀也是。就跟玩遊戲時一樣，我可以運用自如。

而且，我也曾在校慶代替希雅跟騎士對戰。

所以，我並不是不會用。只不過，我不確定自己能不能像傑德先生一樣，把劍砍斷。

「這樣啊。既然如此，妳要不要試試看？我也想看看妳用劍的樣子。」

梅爾小姐這麼說完便對庫賽羅先生說道：

「庫賽羅先生，優奈說她也想試試看，可以嗎？」

「試什麼？」

「傑德和托亞做過的事。」

梅爾小姐的視線轉向傑德先生砍斷的劍。

「看起來連劍都舉不動的熊姑娘要做托亞辦不到的事嗎？呵呵，別說笑了。就算妳想試，那也不是能輕易辦到的技巧。」

庫賽羅先生看著我，嗤之以鼻。

普通人的確不會覺得打扮成熊的我能辦到托亞辦不到的事。

可是，他也不必嗤之以鼻吧。

沒聽過有句話叫做不應以貌取人嗎？

「庫賽羅先生，她也是個不折不扣的冒險者。能不能讓她試試看呢？」

「傑德，連你也這麼說……」

連傑德先生都替我說話，於是庫賽羅先生摸著長長的鬍鬚，陷入沉思。

「她並不是外行人，是個比我還要強的出色冒險者。」

「啥？這個奇裝異服的小姑娘是冒險者？而且比傑德還要強？」

庫賽羅先生瞇起眼睛，用見到神祕生物的眼神看著我。

「不是我要說，她看起來實在不像是那麼強的冒險者。就算退個半步，假設她是很強的冒險者，如果是魔法師還可以理解。畢竟有些人天生就具有大量的魔力。不過，劍可不一樣。劍術不是能輕易習得的技巧。必須經過物數次的揮劍和實戰，才能學會怎麼用劍。」

雖然是在遊戲中，但我確實揮劍過無數次，跟許多魔物與人戰鬥。要論戰鬥經驗，我覺得自己應該比這個世界的冒險者還要多。

應該沒有冒險者會每天都經歷幾百、幾千場戰鬥。

「這一點傑德也很清楚吧。你究竟是吃了多少苦頭才有今天的自己？我感覺不到這個小姑娘有吃過什麼苦頭。」

的確，自從來到這個世界，我就一直依賴熊熊外掛，沒做什麼類似練習的事。正如庫賽羅先生所說，我並沒有吃過苦頭。

要說我在這個世界學到的新事物，頂多只有忍受羞恥，以及忽略視線的技術。

可是，即使是遊戲，我還是靠自己學會了劍術。

「而且就算想試，靠小姑娘的嬌小身軀，恐怕連劍都沒辦法揮吧。劍可沒有輕到連小孩子都能用。」

你的身材還不是很嬌小，哪有資格說我啊——我很想這麼說。庫賽羅先生的身高跟我差不多。

「優奈的力氣應該夠大吧。」

「是啊。」

可是，傑德先生和梅爾小姐知道我曾經一拳打倒魔偶的事。或許是因為如此，他們馬上反駁了庫賽羅先生的說法。

順帶一提，劍的確很重。沒有熊熊裝備的我就算能舉起劍，也無法運用自如，所以庫賽羅先生說的並沒有錯。如果沒有熊熊裝備，我真的很弱小。

「而且祕銀之劍被托亞帶走了，就算想試也沒得試。」

「真可惜，我本來想看看優奈用劍的樣子的。」

梅爾小姐很遺憾，我也一樣。菲娜和露依敏似乎也很想看。這個時候，傑德先生向我搭話了。

「既然如此，要用我的劍嗎？」

傑德先生把目光轉向自己腰上的劍。

「可是，這對妳來說或許有點大。」

傑德先生的劍確實有點長。不過，這點程度還不成問題。在遊戲裡，我從短劍到長劍都用過。

「如果可以，我想借用一下。」

傑德先生遞出掛在腰上的劍。我接過那把劍。

這把劍很大，而且應該很重，但戴著熊熊玩偶手套的我感覺不到多少重量。

我緩緩從劍鞘中拔出劍。哦，真漂亮。劍身保養得很好。想當然，上面也沒有缺角或起霧的情形。像這樣親手拿著，我就更想要劍了。

我露出笑容，讓熊熊玩偶手套的嘴巴咬著劍。

「這是魔力型嗎？」

「不，是特化型。」

祕銀武器分為灌注魔力的魔力型，以及徹底發揮祕銀性能的特化型。我持有的祕銀小刀屬於魔力型。

我拿起劍揮舞幾次，發出劃開空氣的咻咻聲。小刀是很帥，但劍也不錯呢。可是，這把劍對我來說還是有點太長了。就算是大劍，只要放在熊熊箱裡就能隨身攜帶。但如果要用劍，短一點會比較順手。

「優奈姊姊好帥喔。」

「動作比我爸爸還快呢。」

看到我揮劍的樣子，菲娜和露依敏這麼讚美我。

「的確是很厲害，但這樣算帥嗎？」

「我也跟傑德有同感。看到打扮成可愛熊熊的女孩子揮劍，比起帥氣，感覺比較接近很厲害？或是很可愛？我也不知道該怎麼形容。」

我試著想像穿著熊熊布偶裝的女孩子揮劍的樣子。感覺就像是一部喜劇，或是馬戲團的小丑。我立刻消除浮現在腦海中的想像。

「喏，妳不是要試嗎？」

庫賽羅先生幫我把劍插在地面上。雖然是他兒子打的鈍劍，但如果本人看到這一幕，或許會很難過吧。

我站到插在地上的劍前面。我回想玩遊戲的感覺，握緊手上的劍並深呼吸，冷靜下來後，從右斜上方往下砍了一刀。

插在地上的劍毫無變化。

「優奈姊姊失敗了嗎？」

「沒有砍到？」

「不，砍到了。」

「可是，劍沒有斷掉耶。」

大家都露出不安的表情。

我用傑德先生的劍，朝插在地上的劍戳了一下。於是，那把劍的上半部便掉落到地上。

「果然砍斷了。」

傑德先生似乎一開始就看出來了。

「傑德先生，謝謝你。這把劍很棒。」

「嗯，畢竟是庫賽羅先生打造的劍啊。」

我把劍收進劍鞘，還給傑德先生。

「優奈姊姊好厲害喔。」

「我原本還以為沒有砍斷呢。」

菲娜和露依敏很興奮，跑到我身邊這麼說。

「只是因為傑德先生的劍很好啦。庫賽羅先生不是說過嗎？托亞和傑德先生剛才用的那把劍比不上傑德先生的劍。所以，我不能跟托亞相提並論。」

如果是用托亞用過的那把劍，就算能砍斷，應該也不會變成這種狀況。我能辦到這種事，都是多虧有傑德先生的祕銀之劍。

「傑德，那個熊姑娘到底是何方神聖？這可不是能輕易辦到的事啊。」

庫賽羅先生撿起我砍斷的鈍劍，看著切口。

「她叫做優奈，是個冒險者。我知道她會用魔法和小刀，但沒想到連劍術也有這等程度。」

傑德先生代為說明我的事。就算聽到傑德先生這麼說，庫賽羅先生還是一臉難以置信的表情。

畢竟我的外表是熊嘛，這也沒辦法。

423 熊熊拜訪洛吉納先生

好滿足，好滿足。

傑德先生的劍非常鋒利。好劍果然很棒。只不過，跟小刀不同的是，較長的刀身會限制行動，所以比較不好運用。

我在校慶上使用的劍或許正好適合我。

替托亞訂做祕銀之劍的事令人有點尷尬，但事情也辦完了，於是我們正要離開庫賽羅先生的打鐵舖。

瞄。

「庫賽羅先生，如果托亞能成功，到時候就拜託你了。」

「嗯，我會遵守約定的。到時候我會好好替他打一把劍。」

瞄。

「期限只到考驗之門關閉為止，記得告訴他。」

瞄。

從剛才開始，正在跟傑德先生說話的庫賽羅先生就不時朝我這裡瞄過來。

他是不是有什麼怨言？也許他想說我是運氣好、碰巧矇到，或是用了什麼卑鄙的手段才把劍砍斷。實際上，我確實用了熊熊外掛這項卑鄙的能力，所以也沒辦法反駁就是了。

就算懂得用劍，如果沒有熊熊玩偶手套，我終究無法揮舞笨重的劍，也絕對不可能砍出那麼漂亮的角度。

多虧有熊熊裝備，我才能辦到。

我很在意庫賽羅先生的目光，於是帶著菲娜和露依敏，先走到了店外。

「傑德先生、梅爾小姐，我們在外面等你們。」

「好，我們也馬上過去。」

「啊～」

我好像聽到後面有什麼聲音傳來，應該是我的錯覺吧。

我打算在店外等待傑德先生和梅爾小姐。

「原來優奈小姐不只會用魔法，還會用劍啊。拉比勒達先生如果知道了，或許會請妳跟他過招呢。」

「露依敏，妳絕對不可以跟他說喔。」

我一把抓住露依敏的肩膀。

露依敏連忙點頭。

「菲娜早就知道了嗎？」

「是的，因為我有看過優奈姊姊用劍跟別人比賽一次。」

菲娜應該是指校慶的事吧。

「是喔，我也好想看優奈小姐跟別人比賽的樣子喔。」

「我可不要跟拉比勒達比賽喔。」

我再次強調。

我們在外面聊天的時候，傑德先生和梅爾小姐來了。接下來，梅爾小姐會帶我們前往加札爾先生的師父——洛吉納先生的店面。

……本來是這樣的，但情況有變。

「抱歉，我下次一定會補償妳的。」

梅爾小姐雙手合十，對我道歉。

「本來應該是托亞和瑟妮雅要跟傑德一起去採買的，可是他們倆不知道跑去了哪裡，所以只好由我跟傑德一起去了。」

「其實我一個人去也沒問題的。」

「那可不行。」

他們兩個人好像還得去採買王都的商人委託的東西。

可是，梅爾小姐雖然不能一起去，但也替我們畫了前往洛吉納先生的店面的地圖。

「露依敏，妳知道地點嗎？」

「是，沒問題，我知道。」

我們決定把帶路的工作交給曾經來過這座城市的露依敏。

「話說回來，庫賽羅先生剛才一直在看優奈呢。能對他視而不見，優奈也滿厲害的。」

他剛才果然是在看我啊。似乎不是我自作多情。

「應該只是因為這身熊裝扮很稀奇吧？」

「是嗎？我倒覺得是在妳砍斷了劍之後才這樣的。」

他好像真的起了疑心。好險，好險。

就算他問我是在哪裡學習劍術的，我也不知道該怎麼回答。

我向傑德先生與梅爾小姐道別，跟菲娜和露依敏一起去拜訪洛吉納先生。拿著地圖的露依敏走在前方，我和菲娜則走在她的斜後方。

「我看看，這邊個方向……」「在這裡轉彎……」「直直前進……」「在第二個路口轉彎……」露依敏看著地圖，毫不猶豫地前進。然後，她停下腳步。

「就是這裡。」

露依敏伸出手，指著一家店。

「這裡？」

「對，就是這裡。」

雖然露依敏自信滿滿地說是這裡……

「但這裡不是武器店吧？」

招牌上畫著湯鍋與平底鍋的圖案，看起來一點也不像是製作武器的打鐵鋪。

「露依敏，妳迷路了嗎？」

「我沒有迷路。地圖上寫說是這裡，不會錯的。」

露依敏鼓起臉頰，把地圖拿給我看。

我記得這個地方是庫賽羅先生的打鐵鋪，經過這裡，在這裡轉彎，直直前進之後，在第二個路口轉彎。

「的確沒錯。」

「對吧，我沒有走錯吧。」

露依敏拚命為自己辯解。

因為傑德先生等人上次造訪這座城市似乎是很久以前的事，所以洛吉納先生有可能是在這段期間搬走了。地圖出錯的可能性也很高。

「不管怎麼樣，我們向店裡的人問問看吧。」

回頭也不是辦法，所以我決定進入這家打鐵鋪詢問看看。搞不好洛吉納先生已經把店收起來，目前是別人在這裡開店。

如果是這樣，人家或許知道關於原本的屋主或是洛吉納先生的事。

「打擾了。」

一踏進門口，馬上就能看到店裡堆滿了各種大小的湯鍋與平底鍋。在這裡買鍋子或許也不錯。

「這個鍋子的大小剛剛好。那邊的鍋子看起來好像很好用呢。」

菲娜拿起眼前的鍋子，開始評鑑了起來。

「在這裡是不是就能買齊了呢？」

露依敏看著塔莉雅小姐交給她的購物清單，開始在店裡四處逛逛。

原本的目的好像改變了。我們正在看店裡的商品時，似乎有人從店內深處走了出來。

「歡迎光臨。請問是要自用，還是要批發呢？」

來到我們面前的人是一個年齡不詳的矮人女孩。因為身材嬌小，我不知道她究竟幾歲。有可能跟我差不多，也有可能比我年長。我不知道該怎麼判斷。

「熊熊？」

矮人女孩一看到我便露出驚訝的表情。然後，她帶著笑容靠近我，握住我的手。

「好可愛……」

女孩在我的周圍繞了一圈。

「那個……」

「不好意思，因為妳實在太可愛了。」

可愛的是妳吧。

女孩的身材嬌小，十分可愛。

只不過，矮人並不會長高，所以她可能不會變成一個高挑的美女。

「那麼，請問要找什麼樣的商品呢？只要告訴我需求，我就拿給妳看。如果要訂做，會需要一段時間。另外費用也會比一般商品高一點。」

矮人女孩重新開始談起生意。

菲娜拿著鍋子，不知道該怎麼辦。我個人希望可以晚點再開始購物。

「我們是有想買的東西，但在那之前有問題想請教，可以嗎？」

「啊，好的。請問是什麼問題呢？」

「這裡以前好像有個叫做洛吉納先生的人在開店，妳知道嗎？我們是來找洛吉納先生的。」

「來找我爸爸嗎？」

「妳爸爸？」

「洛吉納就是我的父親。」

「咦！可是，這裡不是沒有賣劍嗎？」

店裡一把劍也沒有，只有湯鍋、平底鍋等廚具。除此之外，還有鐵鎚與鋸子等工具。刀刃類的物品頂多只有菜刀而已。

「請問妳是聽說我爸爸的傳聞，才會來到這裡的嗎？對不起，我爸爸已經沒有在做劍了。」

矮人女孩低頭道歉。

這裡好像真的是洛吉納先生的店，但這到底是怎麼回事？

他不是教戈德先生與加札爾先生做武器的師父嗎？

「呃，我是戈德先生和加札爾先生的熟人，可以跟洛吉納先生見個面嗎？」

我搞不清楚狀況，所以提起了他們兩個人的名字。如果他們兩個人口中的師父就是這女孩所說的洛吉納先生，那他應該知道自己徒弟的事。

「戈德和加札爾嗎！妳認識他們兩個人？」

女孩的臉上浮現驚訝的表情。既然她有反應，就表示對方確實是我要找的洛吉納先生沒錯。

「嗯，戈德先生跟我住在同一座城市，我也有見過加札爾先生。對了，他們兩個人有託我送信給洛吉納先生。」

我從熊熊箱裡取出兩人寫的信。

「請等一下。呃，媽媽出門了，爸爸！爸爸！」

看到信的女孩一邊呼喊父親，一邊往店內深處走去。

「這裡好像真的是洛吉納先生的店。」

「我根本沒有走錯，優奈小姐卻說我迷路，太過分了。」

「抱歉，因為我沒想到做武器的鐵匠師父竟然是在做鍋子的人嘛。」

「可是，他真的是戈德先生和加札爾先生的師父嗎？」

菲娜好像也跟我有同樣的想法。嗯，會這麼想也很正常。店裡連一把劍也沒有。這到底是怎麼回事？

不過，女孩剛才說「我爸爸已經沒有在做劍了」。這麼說來，就表示他以前會做劍。因為某種理由而停止的可能性是最高的。如果是受傷，連鍋子也做不了。可是，戈德先生與加札爾先生從來沒有說過類似的話。

我正在思考的時候，女孩與男人的聲音從深處傳了出來。

「像熊的女孩是指什麼？我完全聽不懂。」

「我就說了，有個像熊的女孩認識戈德和加札爾，還送了信來！」

「像熊的女孩到底是什麼？有熊跑到店裡了嗎？」

「我就說是個女孩子了嘛。」

「所以是一頭母熊囉？」

「不是啦。」

聲音漸漸變大。

女孩抓著一個男性矮人的手，回到我們面前。這個矮人就是女孩的父親——洛吉納先生嗎？

看似洛吉納先生的男人驚訝地凝視著我這身打扮。

他對菲娜和露依敏只是隨便瞄了一眼，對我則是反覆地上下打量。見到熊的裝扮，也難怪他

會這樣。

「熊？」

「你看，我就說是熊熊了吧。」

「確實是熊。」

「是女孩子對吧。」

「確實是女孩子。」

兩人剛才明明還在爭論，見到我的瞬間卻又和好了。

「請問你是洛吉納先生嗎？」

「我是，但妳這個打扮成熊的小姑娘真的認識戈德和加札爾嗎？」

「是的，他們兩位非常照顧我。因此，我提到自己要拜訪這座城市的事，他們就託我送信過來了。」

我禮貌地回答，把手上的信交給洛吉納先生。

「戈德和加札爾過得還好嗎？」

「戈德先生跟妮爾特小姐處得很好，加札爾則是在王都成了有名的鐵匠。」

雖然關於加札爾先生的事情只是從傑德先生那裡聽說的。

「這樣啊，他們兩個都過得很好啊。」

「呃，可以的話，請跟我們聊聊他們兩個人……再加上妮爾特，共三個人的事。」

424 熊熊聊起戈德先生與加札爾先生的事

我們被帶到一個有點寬敞的房間。這裡不是屋裡的客廳，感覺比較像是工作的休息室，或是談生意用的房間。

房間正中央擺著桌椅，牆邊的架子上則有鍋子等商品的庫存，似乎也能代替置物間。可是，這裡真的連一把劍也沒有。

「很抱歉空間這麼小，妳們就隨便找地方坐吧。」

「啊～而且媽媽也不在。呃，我們家有茶和點心嗎？」

女孩跑去別的房間，端杯子和茶過來。

「沒什麼好東西能招待，真不好意思。」

「不會，謝謝妳。這樣很夠了。」

我喝起女孩端來的茶。所有人坐到椅子上，分別自我介紹。洛吉納先生的女兒說她叫做莉莉卡。她用緞帶綁起稍長的頭髮，給人稚嫩的印象。我不知道她的年齡。第一次見到妮爾特小姐的時候，我也看不出她究竟幾歲。我曾懷疑戈德先生是蘿莉控的事已經變成令人懷念的回憶了。

「話說回來，妳們三個小孩子自己從戈德居住的城市跑來啊。戈德居住的城市應該離這裡很遠才對。」

洛吉納先生竟然說我們是三個小孩子。其中也包括我嗎？我是她們倆的監護人耶。

「因為我好歹也是個冒險者，所以能護衛她們兩個人來這裡。」

我強調「冒險者」與「護衛她們兩個人」的部分。

「冒險者……？」

洛吉納先生與莉莉卡對我說的話感到驚訝。每次我說自己是冒險者，不論是誰都會有同樣的反應。這都要怪我的外表，所以也無可奈何，但我還是希望偶爾能有人相信我。

「優奈，妳是冒險者嗎？可是，新人冒險者一個人來這裡是很危險的喔。況且妳還是女孩子，身邊的兩個人也都是女孩子。」

新人冒險者的定義真是永遠的謎。

一年級生剛入學的時候還叫做新生，但到了暑假之前就已經不叫做新生了。

新進員工又如何呢？沒有社會經驗的我不太清楚，但一年以內都算是新進員工嗎？以學生的定義而言，我並不是新人冒險者。雖然不算是資深冒險者，但說是中堅冒險者好像也有點早。中堅冒險者和資深冒險者到底是指累積了多少經驗的人呢？不管資歷多長，我都不想把萬年E級的人稱為資深冒險者。

「不過，真虧父母願意讓妳們來呢。如果是我家的爸爸媽媽，絕對不會允許的。」

莉莉卡看著洛吉納先生，小聲說道。

「因為優奈小姐很強，所以我媽媽才允許我一起來。」

「是的。我媽媽也說有優奈姊姊在就放心了，所以才讓我一起來。」

對於一臉擔心的莉莉卡，菲娜和露依敏肯定了我的實力。可是，既使聽到她們兩個人說的話，莉莉卡還是用不敢相信的眼神看著我。

「原來妳這麼強啊。」

正所謂人不可貌相。

「妳說戈德和加札爾很照顧妳，我還以為妳有請他們做過鍋子，但該不會是做武器吧？」

「我請他們替我做過小刀。」

我請戈德先生替菲娜做肢解用小刀，請加札爾先生替我做戰鬥用小刀。

「熊熊訂做武器……」

請忘了熊的事吧。身為冒險者，有一兩把武器也是很正常的。

「戈德和加札爾的信上也有提到小姑娘是個優秀的冒險者。而且，戈德的信裡還寫說妳可能會因為打扮成熊而引起騷動，所以要特別注意。」

洛吉納先生把讀完的信放到桌上。

信上到底寫了什麼？我總是很好奇。不過，引起騷動是什麼意思？請不要把別人寫得像是麻煩製造者。

話說回來，為什麼信上會寫著關於我的事？好久沒有寫信回故鄉了，應該多寫一些自己的事吧。

該不會是因為不想寫自己的事，所以才寫了我的事吧？

按照戈德先生的個性，確實很有可能。

「也讓我看看。」

莉莉卡伸手拿起洛吉納先生放到桌上的信，開始閱讀。

這麼一來，戈德先生與加札爾先生拜託我的事情就辦完了。接下來只要請對方聽聽我想商量的事就行了。

「嗚哇，上面真的寫說她是優秀的冒險者耶。『從外表看不出來，她是很強的冒險者』。」

莉莉卡交互看著我與信。看來她還是不敢相信。

不過，這番話讓我覺得似曾相識，是我的錯覺嗎？戈德先生寫給加札爾先生的介紹信好像也有類似的內容。這種時候不是應該說我正如外表，就跟熊一樣強嗎？

「戈德和妮爾特過得怎麼樣？有沒有吵架？他們感情好嗎？」

「戈德先生在妮爾特小姐面前有點抬不起頭來，但他們感情很好。」

「這樣啊。雖然信上寫他們過得很好，但也有可能是為了不讓我們擔心才說謊的。聽到他們的熟人親口這麼說，我就放心了。」

「關於他們兩個人的事，菲娜比我更清楚。因為菲娜跟他們認識比較久。」

「是嗎？」

　戈德先生的店是菲娜介紹給我的。而且比起幾個月前才來到克里莫尼亞的我，菲娜還比較熟悉。因為她好像從以前就經常受人家照顧了。

　菲娜聽莉莉卡問了許多問題，然後一一回答。她提起自己拿到肢解用小刀的事，還有戈德先生免費替她維修的事。菲娜也說了一些我不知道的事，在一旁聽著的我也感到新鮮。

「戈德先生和妮爾特小姐對我非常好。」

「是嗎？很像他們倆的作風呢。」

　莉莉卡聽到菲娜說的每件事都高興地點點頭。

「可是，戈德先生為什麼會來到遙遠的克里莫尼亞？」

　我覺得戈德先生夫妻倆沒必要離開故鄉，來到克里莫尼亞。

「那是因為他想早點獨立，跟妮爾特一起生活。妮爾特的父母很早就過世了，是住在附近的戈德一家人幫忙照顧她的。不過，後來發生了很多事，戈德就決定跟妮爾特一起離開這座城市，到其他城市開打鐵鋪。雖然我們勸他在這座城市開店，但他說新人鐵匠搶不到工作，所以就離開了城市。我想在克里莫尼亞城開店應該也很辛苦吧。」

　戈德先生是為了跟妮爾特小姐在一起才會離開城市的啊，真是個好人。而且，他還會送肢解用的小刀給菲娜，甚至免費幫忙維修，可見他跟妮爾特小姐是一對善良的夫妻。

「那麼，加札爾在王都過得怎麼樣？妳剛才說他變得很有名，是真的嗎？」

「我是不太清楚，但認識的冒險者說他是個很優秀的鐵匠。」

「優秀啊，看來加札爾也很努力呢。」

莉莉卡看起來好像比聽說戈德先生的事情時還要高興，是我的錯覺嗎？

「請問，加札爾還是一個人嗎？」

莉莉卡有點難以啟齒地問道。

一個人？

「他好像沒有收徒弟。不管是做武器還是接待客人，都是他一個人負責。」

我覺得加札爾先生應該可以僱用幫手，他卻是一個人經營打鐵舖。

「是喔，他是一個人啊。」

莉莉卡低下頭，露出有點高興的表情。

然後，我問了加札爾先生去了王都的理由。

「他說想到大都市測試自己的實力，所以就離開了。不過我實在沒想到他會去艾爾法尼卡王國。」

說到加札爾先生，這確實很像他的作風。

「根本不必特別跑到王都或別的城市，明明可以在這座城市開店的。那樣我就會替他們出錢了。」

洛吉納先生抱起雙臂，這麼抱怨。

「爸爸！他只是因為加札爾離開，所以很寂寞啦。」

他該不會是傲嬌吧？

可是，他明明是戈德先生與加札爾先生的師父，為什麼不做劍，反而在做鍋子呢？

我實在找不到機會問這件事。

「加札爾的信裡還有提到，小姑娘帶了一種礦石要請我鑑定。」

雖然我也對洛吉納先生的事很好奇，但他在這個時候主動提起了熊礦的事。看來加札爾先生有把我的目的寫在信裡。

我從熊熊箱裡取出兩個熊礦，放在桌子上。洛吉納先生拿起其中一個礦石。不知為何，莉莉卡也拿起另一個礦石。畢竟我拿出了兩個，這也難怪。

洛吉納先生眯起眼睛看著手上的礦石，一下子握緊，一下子用手指彈彈看。莉莉卡也模仿他的動作。不愧是父女，動作一模一樣。

「看得出什麼端倪嗎？」

我也不抱希望就是了。

洛吉納先生默默地從座位上站起，開始翻找附近的箱子。然後，他似乎找到了什麼，拿著那個東西回到座位上。洛吉納先生握著手上的工具，仔細觀察熊礦。

那個工具是放大鏡嗎？

「我前有看過類似的東西。這是精靈石，但已經變化了。」

「精靈石？」

這不是熊礦嗎？

「不過，我不知道它變化成什麼精靈石了。」

「請問精靈石是什麼呢？」

「精靈石蘊含著特殊的力量，能夠增強持有者的屬性能力。持有火屬性精靈石，就能強化火魔法。持有水屬性精靈石，就能強化水魔法。」

哦，原來它是一種強化道具啊。

可是，熊礦這個名字讓我的腦中浮現了討厭的想像。

雖然我不願意承認，但照理來說，熊礦應該就是熊屬性的精靈石。

這麼說來，它果然是神給我的禮物嗎？

425
熊熊展示祕銀小刀

我對熊礦有了進一步的了解。
沒想到它是一種叫做精靈石的東西。
不過，如果熊礦是強化熊屬性的道具，只要帶著它就有效果嗎？還是需要經過加工呢？我看著洛吉納先生與莉莉卡手上的圓形礦石，開口問道：
「請問精靈石要怎麼使用呢？只要帶著它就行了嗎？」
「詳細情形可以問妳旁邊的精靈女孩。關於精靈石的事，精靈比較熟悉。」
洛吉納先生看著我身旁的露依敏。
我的身邊竟然就有一個知道熊礦的人物。我轉頭望向露依敏。可是，露依敏一邊揮手，一邊猛搖頭。
「我爺爺應該知道，但我不懂這些。」
露依敏雖然是精靈，卻好像不知道。
不過，光是知道可以詢問穆穆祿德先生，我來到路德尼克城也算是值得了。
而且，反正我並不急著查明熊礦的事，而且回程時也要送露依敏回到精靈村落，到時候再問穆穆祿德先生就行了。

早知道一開始就問穆穆祿德先生了，但我沒想到穆穆祿德先生會知道，這也沒辦法。

「話說回來，竟然連加札爾那傢伙都不知道精靈石，真是沒知識。我應該帶他回來重新鍛鍊。」

「是因為爸爸沒有教他，所以他才不知道吧。自己疏於教育還怪到加札爾頭上，他太可憐了。」

莉莉卡替加札爾先生說話。話說回來，根據父女倆的對話，洛吉納先生果然是加札爾先生與戈德先生的師父。

不過，這讓我對某件事很好奇。

「洛吉納先生，你是教加札爾先生和戈德先生打鐵的師父吧？」

「嗯，沒錯。我教了他們很多事。」

「既然如此，為什麼這家店連一把劍也沒有呢？店裡擺著很多湯鍋和平底鍋，戈德先生和加札爾先生也沒有說過類似的事。如果我問了什麼不該問的事，我先道歉。」

「那是因為……」

洛吉納先生難以啟齒地別過頭。他好像真的很不想談起這件事。

「爸爸，你就告訴人家吧。反正也瞞不下去了。等到優奈回去，他們三個人也會知道的。」

「洛吉納先生該不會是受傷了吧？」

「才不是呢，爸爸他……」

「莉莉卡！」

洛吉納先生想阻止，但莉莉卡沒有閉上嘴巴。

「爸爸他因為戈德和加札爾離開城市，所以很沮喪。他很疼愛自己精心培育的徒弟，他們兩個人卻離開了。」

「不、不對，我才沒有沮喪呢。」

「哪裡不對了？戈德和妮爾特離開的時候，你明明就喝了好幾天的酒。後來，自從加札爾也離開之後，你一個月只打一把劍，最後還變得像是一具空殼似的。」

「那是因為我做不出滿意的劍……」

「那也是因為他們兩個人離開吧。」

「沒有那回……」

傑德先生說他一個月只做一把武器，指的該不會就是這件事吧？

要是傑德先生得知真相，不知道會怎麼想。

「而且最後媽媽還很生氣地說『你做不出劍就去做鍋子吧』。」

「真要說的話，莉莉卡，妳自己還不是因為加札爾離開而難過。」

「我、我才沒有呢。我們現在說的是爸爸你的事。」

洛吉納先生與莉莉卡都惱怒地瞪著彼此的臉。

看來他是因為戈德先生與加札爾先生離開，所以失去了幹勁。好吧，我也不是不了解他的心情。動力來源是很重要的。

不過，既然他沮喪到做不出武器，就表示他真的很疼愛兩個徒弟吧。

「所以我才叫你再收新的徒弟嘛。那樣就能拿出幹勁了。」

「怎麼可能那麼容易就找到新的徒弟啊？」

「那是因為爸爸太嚴格了啦。怎麼可能每個人都像戈德和加札爾，一開始就做得那麼好。」

「不嚴格怎麼像話。」

兩人不斷爭吵。能夠坦白說出想說的話，就表示他們是一對感情很好的父女。我用微笑望著他們兩個人。可是，菲娜和露依敏不知該如何是好，露出困擾的表情。他們並不是認真吵架，不必擔心。

洛吉納先生與莉莉卡正在爭論的時候，有人走進了房間。

「我在店裡就能聽到你們的聲音。幸好現在沒有客人，但這樣太丟臉了，你們兩個安靜一點。」

「媽媽？」

一名留著短髮的嬌小女矮人看著洛吉納先生與莉莉卡。她似乎是莉莉卡的母親。莉莉卡的母親掃視房間，走到我們附近。

「所以，你們兩個到底在大呼小叫什麼？」

「都是爸爸的錯啦。」

「明明就是莉莉卡的錯。」

兩人互相瞪著對方。

莉莉卡的母親露出無奈的表情，然後轉頭望著我們。

「那麼，這些打扮可愛的女孩是誰？」

「優奈和菲娜來自戈德和妮爾特居住的城市，露依敏則是從精靈村落跟優奈一起來買鍋子的。」

「戈德和妮爾特居住的城市？」

莉莉卡簡單說明了我們的來歷。

「他們兩位很照顧我。」

「而且，她們還認識加札爾喔。」

「戈德和加札爾也會做衣服嗎？」

母親露出驚訝的表情，看著我的熊熊服裝。

「我有請他替我做小刀。這身打扮跟戈德先生和加札爾先生沒有關係。」

「嚇我一跳，我還以為他們兩個人會做這麼可愛的衣服呢。」

她究竟為何會這麼想呢？

我根本不願意想像留著鬍子的兩個矮人做熊熊布偶裝的樣子。因為矮人好像很擅長精細的手工，或許能做得很好，讓我覺得有點恐怖。

後來，我們進行了簡單的自我介紹。莉莉卡的母親說自己叫做薇歐菈。

「對了，優奈身上帶著戈德和加札爾做的小刀吧？可以讓我們看看他們兩個人做的小刀嗎？只要知道他們兩個人都很認真工作，爸爸說不定也能拿出幹勁了。」

「我也想看看呢。」

莉莉卡所說的話讓洛吉納先生很想說些什麼，但薇歐菈小姐也贊成莉莉卡的提議，所以他閉上了嘴巴。

「戈德先生做的是肢解用的小刀，可以嗎？」

「不管是什麼種類的武器，從品質就能看出鐵匠的技術。」

我明明是問莉莉卡，回答的人卻是洛吉納先生。看來洛吉納先生也很想看看兩個徒弟做的小刀。

我從熊熊箱裡取出加札爾先生做的熊緩小刀（祕銀小刀），菲娜則從道具袋裡取出戈德先生做的祕銀小刀，放到桌上。

洛吉納先生拿起菲娜放在桌上、由戈德先生製作的小刀。

「這把是肢解用的小刀嗎？這麼說來，這是戈德做的小刀吧。」

他從刀鞘中拔出小刀，看著刀身。

「……這是用祕銀做成的啊。」

425 熊熊展示祕銀小刀

洛吉納先生只看到刀身就立刻說中了材質。

「小姑娘，我能拿來試切看看嗎？」

「呃……」

洛吉納先生詢問拿出小刀的菲娜。被問到的菲娜轉頭望著我。對此，我微微點了點頭。

「好的，沒問題。」

獲得菲娜許可的洛吉納先生站了起來，從附近的抽屜裡拿出類似某種動物皮革的東西。然後，他回到座位上，用小刀順順地切開動物的皮革，再反覆檢視切過的皮革與小刀。

「戈德那傢伙進步了。如果他的技術變差，我本來還想叫他回來重新修行的。」

洛吉納先生這麼說，但可能是很高興看到徒弟的成長，他稍微揚起嘴角。洛吉納先生用布料擦拭小刀，然後收進刀鞘。

「也可以讓我看看嗎？」

莉莉卡拜託菲娜，然後拿起小刀。

「真的很漂亮呢。他是不是已經超越爸爸了？」

「哼，還早得很呢。」

洛吉納先生反駁莉莉卡的說法。

「可是，為什麼像妳這麼小的女孩子會帶著祕銀小刀？這可不是能輕易買下的東西。妳該不會是有錢人家的千金小姐吧？」

菲娜否認了洛吉納先生的這番話。

「那個……我們家很窮。這把小刀是優奈姊姊買給我的。」

菲娜家還不至於算窮吧。家裡有根茲先生，堤露米娜小姐也在工作。她是不是還沒忘記以前的感覺呢？

我買祕銀小刀給她的時候，還挨了她一頓罵。

「小姑娘買祕銀小刀……」

「因為菲娜會肢解魔物或動物，所以我會請她肢解我打倒的魔物或動物。」

「就算如此，也用不到祕銀小刀吧。」

「呃，因為要用祕銀小刀才能肢解嘛。」

「肢解什麼？」

「……黑虎。」

「…………」

現場陷入一陣短暫的沉默。

「妳應該不是在說謊吧。」

可能是相信戈德先生與加札爾先生的信，雖然對黑虎的事似乎還是半信半疑，但洛吉納先生好像接受了這個事實。

洛吉納先生接著拿起加札爾先生做的黑柄熊緩小刀。

「熊？」

洛吉納先生交互看著我與雕在刀柄上的熊。

怎麼了嗎？這是熊，是加札爾先生替我雕的。

洛吉納先生先看了刀柄上的浮雕，然後才緩緩從刀鞘裡拔出小刀。

「這把也是祕銀小刀啊。不過，這是戰鬥用的武器吧。」

洛吉納先生就像剛才問菲娜一樣，問我能不能拿來試切，所以我同樣給出了許可。

「小姑娘懂得怎麼用這種小刀嗎？」

「嗯，加札爾先生也認同我了。」

試砍鋼鐵魔偶的時候，他也有誇過我。既然有誇我，就表示他認同我了吧。

「我能稍微測試妳一下嗎？」

「測試？」

洛吉納先生離開座位，拿了一根細鐵棒過來。

呃，鐵匠該不會很喜歡測試東西吧？

而且還是用這麼細的鐵棒？

這根鐵棒看起來頂多只有一公分粗。我曾經用祕銀小刀砍斷鋼鐵魔偶的手臂，這點測試只是小意思。

「我要確認加札爾和戈德的眼光沒有錯。就算辦不到，我也不會怪妳。只不過，既然他們倆都說妳很優秀，這點小事應該辦得到吧。這樣我就能相信黑虎的事了。」

洛吉納先生拿著鐵棒走到我的面前。

「該不會是要我直接砍你手上的東西吧？這樣很危險的。」

「這是測試實力最好的方法。我的手不會出力。」

洛吉納先生真的只是輕輕握著鐵棒。只要伸手一拉，就能輕鬆抽出鐵棒。

「如果沒砍斷而是打飛鐵棒，那就不及格了。砍的時候，我的手感覺到的震動愈少愈好。妳要試試嗎？」

這件事關係到加札爾先生與戈德先生說我是個優秀冒險者的名譽。所以，我不能拒絕。我決定接受這項測試。

我拿起小刀，站到洛吉納先生面前。

「我可以灌注魔力嗎？」

「可以，因為那也包含在妳的實力之內。」

洛吉納先生不會怕嗎？如果是我，絕對不敢跟不知道有多少實力的人做這種事。洛吉納先生用認真的眼神看著我。

我對熊緩小刀灌注魔力。

然後，我朝洛吉納先生手上的鐵棒斜砍下去。

426 熊熊購買廚具

我揮下熊緩小刀，洛吉納先生手上的鐵棒就斷了，頂端約三分之一的部分掉落到地板上。

嗯，非常成功。

洛吉納先生的手還握著剩下的鐵棒。我沒有把鐵棒打飛，而是砍斷鐵棒。當然了，洛吉納先生的手還接在身體上，連一滴血也沒有流。

「…………」

可是，洛吉納先生沒有反應。

「我砍斷了。」

我對呆呆地拿著鐵棒的洛吉納先生說道。洛吉納先生握緊鐵棒，露出笑容。

「我的手幾乎沒感覺到力道。而且切口如此平滑。加札爾那傢伙的信裡說妳具備切開鐵塊的技術，卻超乎我的想像。」

切開鐵塊的技術是指我試砍鋼鐵魔偶的事嗎？

看來這項測試是起因於加札爾先生的信。

洛吉納先生叫我讓他看看小刀，於是我把熊緩小刀交給洛吉納先生。

「刀也沒有缺角，完全找不到切過的痕跡。這就是魔力完整包覆小刀的證明。」

「這是因為加札爾先生做的小刀品質很好。一定是因為師父教得好吧。」

聽到我的最後一句話，洛吉納先生做出感到害臊的動作。

「那當然，妳以為教他的人是誰？能辨到這個程度也是理所當然的。看來戈德和加札爾的眼光沒有錯。抱歉做出這種試探妳的事。」

洛吉納先生高興地把熊緩小刀還給我。我把小刀收進刀鞘，然後放回熊熊箱。

「話說回來，小姑娘，妳明明有如此高超的技術，為什麼要打扮成這個樣子？既然妳是冒險者，還是打扮得正經一點比較好。有些人會覺得妳在胡鬧。武器也一樣，穿著符合實力的服裝是很重要的。因為大多數人都會以貌取人。」

我覺得自己好像是第一次受到這麼認真的勸告。人都是先從第一眼的印象來判斷，然後才開始與對方相處。一般人應該不會想跟平常都穿著布偶裝走在街上的人當朋友吧。因為是異世界，所以大家才會包容我。

……大家應該有包容我吧？

「不過，看來戈德和加札爾並不會以貌取人。」

那應該是因為他們聽過不少傳聞吧。戈德先生是因為跟冒險者公會有聯繫。加札爾先生是因為祕銀魔偶的事，而且也多虧有戈德先生寫的介紹信。

「原來優奈不只是一個打扮成熊熊的可愛女孩呀。」

「明明打扮得這麼可愛，真厲害呢。」

莉莉卡與薇歐菈小姐觸摸我的衣服，露出難以置信的表情。

後來，我們說起自己來到這座城市的理由。

我們來到這座城市是為了觀光和購物，並試著詢問關於熊礦的事。

光是知道熊礦是精靈石，來到矮人之城就已經值回票價。

接下來只要上街觀光，再購買鍋子就達成目的了。

「這麼說來，妳們都是來買湯鍋和平底鍋等廚具的吧。」

「這個嘛，我原本的目的是要調查神祕礦石啦。不過熟人聽說我要去路德尼克，就拜託我幫忙買一些東西了。」

其實受託的人不是我，而是菲娜和露依敏兩個人。我也打算順便買熊熊屋需要的廚具。

「既然這樣，要不要在我們店裡買呢？這些都是優秀的前武器鐵匠打造的鍋子喔。」

「『前』是多餘的！」

「我只是陳述事實。可是爸爸，看到加札爾和戈德的小刀，你應該又想做武器了吧？而且優奈的技術也很厲害。」

「……哼。」

洛吉納先生沒有肯定也沒有否定莉莉卡所說的話。既然他沒有否定，就表示他或許多少有興起做武器的念頭。如果看到兩個徒弟的小刀能讓他重拾熱情，我們來拜訪也算是有了一點意義。難得有打造武器的技術，不活用自己的專長就太可惜了。

我們決定在洛吉納先生的店裡購買湯鍋和平底鍋等廚具，於是移動到店內，各自開始尋找廚具。

「薇歐菈小姐，請問這些東西都有嗎？」

露依敏很快就放棄自己尋找，把好幾張購物清單拿給薇歐菈小姐看。

「哎呀，數量還真多。」

「我媽媽一聽說優奈小姐要來這座城市，馬上就跑去問鄰居想買什麼了。因為這樣，我才會收到這麼多購物清單。」

「我們倒是很高興有這筆生意。」

「可是，數量實在太多了。」

露依敏看著手上的清單，垂頭喪氣。

我望向菲娜，她正在跟莉莉卡一起挑選廚具。

「莉莉卡小姐，請問有比這個稍大一點的鍋子嗎？」

菲娜正在替堤露米娜小姐尋找自家要用的兩個湯鍋與平底鍋，以及其他的廚具。然後，她向莉莉卡詢問找不到的東西。

「有喔。」

莉莉卡很熟練地找出菲娜詢問的鍋子尺寸。

「另外還要店裡跟孤兒院要用的……」

「這是大型的鍋子吧。因為大型的鍋子賣得比較差，所以我們會在接到訂單後再開始做。」

莉莉卡看著菲娜所拿的清單，這麼回答。

「這樣的話，只好去其他家店找了。」

「菲娜，妳們會在這座城市待到什麼時候？」

菲娜聽到莉莉卡這麼問，轉頭望著我。

「我還沒決定，但應該會待個幾天。」

我代替菲娜回答。

我打算參觀這座城市，而且機會難得，所以我也想看鐵匠去參加考驗之門開啟的活動。可以的話我也想參加看看，但我不覺得有鐵匠願意委託我。

「既然這樣，只要妳們願意訂做，我就會請爸爸在那之前做好的。」

「可是，那樣費用會比較高吧。」

菲娜委婉地問道。

我們踏進店裡的時候，莉莉卡確實說過訂做要支付另一筆費用。菲娜跟我不同，金錢觀很正常，所以似乎很在意多出來的費用。如果是嫌麻煩的我，就算要多花錢也會訂購。我真應該向菲娜多學著點。金錢是有限的，必須花在刀口上。

聽到菲娜的疑問，莉莉卡轉頭望著薇歐菈小姐。

「我們可不能向戈德和加札爾的熟人多收錢。」

「就是這麼回事，所以就算普通的價格吧。」

「謝謝妳們。那麼，麻煩妳們了。」

「反正露依敏好像也需要訂做幾種鍋子嘛。既然是大量購買，我們會稍微打個折的。」

我望向露依敏，她購買的廚具已經堆成一座小山了。那是幾人份？還是應該說幾個家庭的份呢？

「奇怪，妳也買了鐵鎚嗎？」

鍋子裡面也混著鐵鎚和釘子。

「這是混在清單裡面的。媽媽好像問了很多不同的人。」

也對，畢竟精靈村落沒有打鐵舖，只有這種時候有機會買到。

雖然在克里莫尼亞或王都也買得到，但我也打算在這裡購買熊熊屋要用的鍋子等日用品。因為我買了很多，所以當然也拿到了折扣。

「那麼，妳接下來要跟菲娜她們一起去街上逛逛嗎？」

我們待會要去街上隨意閒晃。

莉莉卡主動表示願意替我們帶路。

「妳不用工作嗎？」

「媽媽～」

莉莉卡用撒嬌的眼神看著薇歐菈小姐。

「好吧，妳可以去。」

「媽媽，謝謝妳。」

得到薇歐菈小姐的許可，莉莉卡於是成了我們的嚮導。

至於要買的鍋子等商品，我們決定等全部湊齊之後再來拿。洛吉納先生看著鍋子等商品的訂單，嘆了一口氣。

「爸爸，你要努力做鍋子喔。」

「妳不是希望我做劍嗎？」

「現在該做的是鍋子。你要努力做鍋子，好好賺錢喔。」

莉莉卡交代洛吉納先生製作鍋子等廚具，把看店的工作交給薇歐菈小姐，跟我們一起走出打鐵舖。

然後，我們在街上走了一陣子，便聽見「是熊」、「那是什麼打扮？」、「熊熊？」等一如往常的聲音。我當然假裝沒聽見，繼續走著。

「…………」

「…………」

菲娜和露依敏也充耳不聞。可是，有一個人無法當作耳邊風。

「呃，請容我再問一次，優奈妳為什麼要打扮成熊熊的樣子？」

莉莉卡看著周圍，這麼問道。菲娜和露依敏一聽就用手勢表達「不可以問這一題」。我確實不想被問到這個，但她們倆該不會是很顧慮我吧？

「我是不是問了什麼不該問的問題？」

「嗯，真要說的話，我希望妳別問。」

「可是，因為大家都看著妳，所以我很好奇嘛。」

莉莉卡一臉害臊地望著周圍。擦身而過的路人或遠處的人都看著我們。

「一定是因為我們之中有矮人、精靈、人族和熊，種族全都不一樣，所以他們才會覺得稀奇吧。」

我用熊熊玩偶手套指著莉莉卡、露依敏、菲娜，最後再指著自己。只是因為我們四個人的種族都不同，所以才會引人注目。所以，這絕對不是我一個人的錯。

「優奈姊姊……」

「優奈小姐……妳竟然說自己是熊。」

菲娜和露依敏用傻眼的表情看著我。

要是我把自己歸類在人族，好像也會被吐槽嘛。

「好吧，既然優奈不想說就算了，但這樣真的很引人注目呢。大家都不介意嗎？」

「我沒關係，因為我習慣了。」

菲娜笑著說自己習慣了。習慣了什麼？被路人盯著看？還是丟臉的感覺？

「我還沒辦法習慣。這種感覺就像是自己被圍觀一樣。」

露依敏一副很不自在的樣子，看著四周。

「嗯，因為優奈的打扮在這座城市很稀奇嘛。王都那裡有很多人穿著像優奈這樣的衣服嗎？」

聽到莉莉卡這麼說，菲娜和露依敏面面相覷。

「我只去過一次王都。」

「我也只去過幾次。」

兩人明明知道王都根本沒有穿著熊熊布偶裝的人，卻還是這麼替我打了圓場。我真的沒關係，妳們可以坦白說一個人也沒有。熊熊會一個人躲起來哭泣的。

「是喔。不過，如果有很多人這樣穿，或許滿可愛的。」

如果冒險者或王都的居民也穿著像我一樣的布偶裝，而且街上到處都是這樣的人，我光是想像就覺得心靈正在逐漸受創。

我實在無法為同伴的增加感到高興。

而且，如果演變成那種情況，人類的服裝歷史就完蛋了。

427 熊熊逛街

我並沒有脫下熊熊布偶裝的選項，所以也只能請莉莉卡放棄了。

莉莉卡放棄抵抗周圍的視線，邁出步伐。

「雖然是理所當然的，但矮人真的很多呢。」

我在克里莫尼亞和王都看過矮人，卻從來沒見過這麼多矮人。不論是左右兩側，還是從前方走過來的人，全部都是矮人。

矮人的身材矮小。就算是成年男性，身高也不高。頂多跟我差不多，或是稍微高一點。女性矮人都跟我差不多，或是比我矮一點。順帶一提，莉莉卡比我稍微矮一點。

「因為這裡有很多礦山和森林的資源，所以很適合我們矮人居住。」

不論在哪個國家，資源都是很重要的。只不過，矮人特別擅長打造物品這一點，似乎也跟遊戲或書籍一樣。

「對了，菲娜、露依敏，妳們有什麼想去的地方或想看的東西嗎？」

「只要是優奈姊姊想去的地方，我去哪裡都可以。」

「我的目的只有買東西。」

「優奈姊姊有什麼想去的地方嗎？」

「嗯～那我們就隨便晃晃，見到想逛的店再進去看看吧。啊，我也想找找伴手禮。」

「嗯。」

「好的。」

如果有什麼稀奇的東西，買給諾雅也不錯。

我沒有跟諾雅說一聲就來了，如果她說：「為什麼不帶我一起去嘛！」那我就傷腦筋了，所以最好準備伴手禮給她。

「如果妳能帶我們去有賣伴手禮的店就太好了。」

我這麼拜託莉莉卡。

莉莉卡爽快地答應了。

於是，我們決定一邊尋找伴手禮，一邊在莉莉卡的帶領之下探索這座城市。

「這裡怎麼樣？裡面有賣金工的可愛配件或首飾喔。」

這裡是一家小小的飾品店。莉莉卡沒有等我們回應就走進了飾品店內。我們跟著莉莉卡，走進店內。

店裡就如莉莉卡所說，架上與桌上陳列著戒指、項鍊、髮飾、胸針等女用首飾。每件商品都是用鐵製成的。

「好漂亮。」

「真的耶。」

菲娜和露依敏看著陳列在架上的首飾。

「菲娜戴這個應該不錯吧？」

莉莉卡拿起一個彩繪成藍色的漂亮花飾給菲娜看。

「好可愛的花。顏色也很漂亮。」

「露依敏的淡綠色頭髮應該適合紅色。就像綠葉上開了一朵花，很相襯呢。」

莉莉卡把髮飾拿到菲娜和露依敏的頭髮上比比看。

「真的嗎？」

「來，這邊有鏡子，妳看看。」

戴著髮飾的菲娜害羞地看著映照在鏡子裡的自己。三人站在鏡子前確認髮飾戴起來的樣子。

她們開心地聊著女孩子之間的話題。可是，菲娜看到標價，露出煩惱的表情。

「好像有點貴。」

「在村子裡很少用到錢，所以我也沒帶多少自己的錢。」

菲娜和露依敏比較價錢和商品，慢慢將商品放回架上。

我拿起菲娜放回架上的藍色花飾，拿到菲娜的頭髮上比比看。

「優、優奈姊姊？」

菲娜對我露出驚訝的表情。

「菲娜，不要亂動。妳這樣我怎麼看？」

「為什麼要放在我的頭髮上？」

「因為我要送給妳當禮物，所以當然要先確認適不適合囉。」

「禮物？不用了。這個很貴的。」

「難得來一趟，我想買個紀念品給妳。我也會買給露依敏，所以妳也選個喜歡的吧。」

「可是……」

「妳們不用放在心上。菲娜平常很照顧我，露依敏就把這個當作是帶我們來這座城市的謝禮吧。」

聽到我這麼說，菲娜和露依敏向我道謝，在鏡子前開始高興地試戴各式各樣的髮飾、項鍊和胸針等飾品。

她們倆果然都是女孩子。這是我所沒有的感覺。我可以替其他女生挑選，但完全不會想買給自己。

「優奈不是男生吧？」

看到我和菲娜與露依敏的互動，莉莉卡用認真的表情問道。

「那是什麼意思？」

她是想說因為我沒有胸部嗎？

那是因為我穿著布偶裝，所以看不出來而已。

「因為妳的舉動很有男子氣概嘛。用小刀砍斷鐵棒的時候也是。而且爸爸也認同妳了。」

原來是這種理由啊。

「優奈小姐的確很帥呢。她幫助我，或是拯救村子的時候做的事情，比任何一個精靈男人都還要帥。」

「是的，優奈姊姊真的很帥。」

連露依敏與菲娜都這麼說道。

身為一個女生，我覺得帥氣好像不是一種讚美。

「誇我也沒有好處喔。好了，妳們兩個快挑吧。」

「既然這樣，我想請優奈姊姊替我選。」

「我也是。」

兩人拜託我。

「好吧。可是就算不適合，妳們也不可以抱怨喔。」

「不會的。」

「只要是優奈小姐替我選的禮物，我都很高興。」

看到我們的互動，莉莉卡低聲說道：「也許她真的是男生。」

「優奈姊姊不買嗎？」

我正在幫兩人挑選飾品的時候，菲娜這麼問道。

「我跟妳們兩個不同，不適合啦。」

就算在熊熊兜帽上戴髮飾，或是在熊的脖子上戴項鍊、在胸口別上胸針、在手腕處戴上手鍊，跟熊熊布偶裝也不搭。

在礦山遇到的笨蛋戰隊可能會說「寵物就該戴上項圈」，但這裡並沒有賣項圈。再說，如果有人對我說這種話，就準備吃我的熊熊鐵拳吧。

「優奈姊姊的頭髮很漂亮，明明很適合的。」

「優奈小姐的頭髮的確又長又漂亮。如果我是男生，絕對不會視而不見的。」

「謝謝妳們兩個。」

我可不會將菲娜和露依敏的客套話照單全收。況且，她們兩個人都很仰慕我，或許不敢說出真心話。所以，她們兩個人的話，我只會相信一半。

我挑選菲娜和露依敏的髮飾，接著再跟菲娜一起挑選送給諾雅與米莎，以及修莉的伴手禮。

露依敏正在跟莉莉卡一起開心地看著其他的飾品。

「諾雅大人應該適合這個吧？」

菲娜拿起一個裝飾成銀色的髮飾。

「既然這樣，米莎應該適合這個。妳覺得呢？」

我拿起一個裝飾成金色的髮飾。

諾雅和米莎就像姊妹一樣，應該很適合同款的髮飾。

「我覺得很棒。」

既然也得到菲娜的認可了，我決定買這兩個髮飾送給她們。

「那麼，送給修莉的禮物就選跟菲娜同款的吧。」

我買下與菲娜的髮飾很類似的髮飾。

諾雅與米莎的份是由我來付錢。不過，基於菲娜的請求，修莉的髮飾是由我和菲娜各出一半的錢。

菲娜和露依敏立刻戴起我買給她們的髮飾。菲娜戴著藍色花朵的髮飾，露依敏戴著紅色花朵的髮飾。

「優奈姊姊，這樣好看嗎？」

菲娜回過頭看著我。

「很可愛喔。」

我說的話讓菲娜既高興又害羞。

「優奈小姐、優奈小姐，那我呢？」

「露依敏戴起來也很好看。」

露依敏也對我露出我挑選的髮飾。

可愛的女生戴什麼都很好看。看到我們這個樣子，莉莉卡小聲說道：「優奈好像讚美女伴的男人喔。」

太過分了，我只是坦白回答自己的感想而已耶。

「要買什麼給路卡呢？他收到髮飾或首飾應該也不會開心吧。我真羨慕菲娜有妹妹。」

的確，就算同樣是女孩子，喜好也會有差別。如果性別不同，喜好的差異就更大了。

正如露依敏所說，男孩子應該不會想要髮飾。

「送給男生的話，小刀之類的東西應該不錯吧？」

莉莉卡這麼回應露依敏的煩惱。

竟然立刻就想到小刀，不愧是鐵匠的女兒。

「男生都喜歡武器喔。」

我多少能夠理解。在我原本的世界，聽說有很多男生都會在校外教學的時候買木刀之類的東西。

「嗯～可是我擅自送小刀給他的話，搞不好會被爸爸罵。」

我不太清楚這個世界的標準，但我也對贈送小刀給年幼的孩子有疑慮。

雖然我也曾經贈送祕銀小刀給十歲的菲娜，所以沒什麼資格這麼說。

我不知道異世界的精靈男孩會想要什麼東西。

我們之中沒有人了解精靈男孩的喜好，於是我們決定一邊尋找可以送給路卡的東西，一邊慢慢探索城市。

「啊，這裡或許不錯。」

露依敏透過小窗戶看著店內。

「這裡是家飾店吧。」

一走進店裡，就能看到許多掛在牆上，或是裝飾在桌子上的小東西。

露依敏望著其中一個貨架。

貨架上擺著十公分到三十公分高的鐵製模型，造型包括盔甲騎士或冒險者等。而且還有各式各樣的姿勢。有些是正常站立的版本，有些是舉著劍的版本。

把兩個模型放在一起，看起來就像在戰鬥一樣。再加上魔物或許也不錯。

話說回來，沒想到鐵可以做出這麼精巧的東西。

「好帥喔。如果收到這個，路卡搞不好會很開心。」

「那系列的商品很受歡迎，有很多城市的商人都會來採購喔。」

這樣的商品會受歡迎，我確實可以理解。

「這邊的架子上還放著動物的版本喔。」

菲娜看著的貨架放著馬、牛、豬、鳥，以及我從來沒見過的動物。全部買下來的話，就能做出一個動物園了。其他的貨架還有爬蟲類。誰會想要蛇和青蛙呢？

菲娜和露依敏盯著擺放動物的貨架，就像是正在努力尋找某種東西。

「沒有熊耶。」

「對呀，真的沒有。」

她們兩個人似乎是在找熊。不過，架上確實沒有熊。該不會是因為不受歡迎所以才不做的吧？那樣也讓我有點寂寞。

這時女店員向一臉遺憾的菲娜和露依敏搭話了。

「很抱歉，因為最近有艾爾法尼卡王國的商人買走了，所以熊的擺飾正好缺貨。聽說想買熊的客人變得比以前多。所以，不好意思讓妳失望了，喜歡熊的小姑娘。」

店員看著我的裝扮，這麼解釋。

我絕對不是因為喜歡熊才打扮成這個樣子的。可是，店員用溫馨的眼神看著我。

別用這種眼神看著我。

「可是，為什麼熊會賣得那麼好呢？」

「嗚嗚，我本來想買熊熊的。」

因為沒有鐵製的熊擺飾，所以我們離開了那家店。

買騎士也可以吧。騎士很帥啊。

我們接著來到一家販售木雕的店，但店裡也沒有熊。聽說一樣是被艾爾法尼卡王國的商人買走了。

「妳也不用那麼堅持買熊吧。」

「不，路卡也很喜歡熊，所以他一定會想收到熊的。」

不必說得那麼肯定吧。不過，為什麼熊會賣得這麼好呢？我實在是想不透。

後來，我們總算在別家店買到熊擺飾，露依敏非常高興。

而且不知為何，連菲娜都買了。如果泥土或石頭材質也可以，我就能用魔法替她們做了。不過，那樣就不算是伴手禮了吧？

然後，我也找到了好東西，趁著另外三個人不注意的時候買下來，送給菲娜她們。

「優奈姊姊，這是什麼？」

「我看到有人在賣裝飾精美的小盒子，所以就買了下來。妳可以用來收藏剛才買的髮飾和校慶時拿到的髮飾。」

「優奈姊姊，謝謝妳。」

「優奈小姐，我也可以拿嗎？」

露依敏交互看著我和小盒子。

「只買給菲娜也有點不公平嘛。妳就用來收藏一開始買的髮飾吧。」

「我會珍惜一輩子的。」

身為精靈的露依敏這麼一說好像就是幾百年，讓我覺得有點可怕。

「可是，為什麼連我也有呢？」

拿著小盒子的莉莉卡露出不解的表情。

「這是為了感謝妳替我們帶路。」

因為莉莉卡剛才拒絕我買髮飾送她，所以我偷偷買了她的份。

「可是，我不能向年紀比我小的女孩子收禮物。」

「我已經十五歲了耶。」

「我十八歲喔。」

我和莉莉卡同時歪起頭。

「咦～～～～優奈，妳十五歲了嗎？我還以為妳更小呢。」

果然如此，所以她才會直接叫我「優奈」啊。

話說回來，不論是精靈還是矮人，年齡都太難分辨了吧。

就算被告年齡詐欺也怪不了別人。

428 熊熊參觀考驗之門

聽說了莉莉卡的年齡，我很猶豫是否要換個稱呼。對年紀比我大的人直呼名字，讓我有點過意不去（克里夫、托亞是例外），所以我決定改稱她為莉莉卡小姐。雖然莉莉卡小姐要我別放在心上。

不過，幸好我沒有叫她小莉之類的暱稱。

然後，買了伴手禮的我們吃了稍晚的午餐。我一進入餐廳，當然就成了目光的焦點。

「莉莉卡小姐，真的很謝謝妳。這樣我就有好東西能送給弟弟了。」

露依敏似乎心滿意足，但收到熊的擺飾這種禮物，她弟弟路卡真的會高興嗎？話雖如此，精靈男孩好像也不太適合騎士的擺飾。年紀還小的精靈到底要收到什麼才會開心呢？

「妳高興就好。吃完飯之後，接下來要去哪裡？不管要去哪裡，我都可以帶路喔。」

我們還沒有逛完整座城市，但我有一個想去的地方。

「我聽說這座城市有個地方叫做考驗之門，那扇門在哪裡呢？我想去那裡看一下。」

「考驗之門？優奈，妳該不會是要參加吧？」

「我沒有要參加啦。」

根本沒有武器鐵匠會想拜託一隻熊。

「因為我認識的冒險者要參加，所以我有點好奇。」

與其說是有點，不如說是相當感興趣。這場活動聽起來很有意思。雖然我也想參加看看，但沒有機會，所以我打算去聲援傑德先生。在那之前，我想先去考驗之門一趟。

「是嗎？戈德、加札爾和爸爸都這麼讚賞妳的實力，真可惜。如果爸爸願意做劍，就能拜託妳了。」

「洛吉納先生已經決定不再做劍了嗎？」

「嗯～我不知道。他現在好像提不起勁。可是，看到戈德和加札爾的小刀時，爸爸好久沒有露出那麼認真的表情了。搞不好他會想做吧。」

如果真是如此就太好了。幸好我和菲娜有來這一趟。如果菲娜沒有來，就沒辦法拿戈德先生的小刀給他看了。如果我沒有來，就沒辦法拿加札爾先生的小刀給他看了。幸好這次有帶他們倆打造的小刀來給洛吉納先生看。

只不過，問題在於要怎麼向戈德先生與加札爾先生報告。

如果聽說身為師父的洛吉納先生已經不再做劍，他們或許會很難過。

究竟該說實話，還是隱瞞呢？我得在見到他們兩個人之前好好思考。

不過，我目前想在矮人之城盡情觀光。

吃完午餐的我們動身前往考驗之門所在的地方。

「我要先提醒，現在還不能進入裡面喔。」

「那扇門目前是關閉的吧。」

「嗯，沒有人可以打開，而且就算開了，也不能擅自進入裡面。」

嗯，反正我只是很好奇傑德先生要在什麼樣的地方接受考驗，所以沒關係。

「還有，待會要走上一段很長的階梯，大家可以嗎？」

莉莉卡小姐說考驗之門位於城市的郊外，要走上一段很長的階梯才會到。

不過，階梯再怎麼長，有熊熊裝備的我也不怕。

「我沒問題。妳們兩個呢？」

「我也想看看，所以我會一起去的。」

「我也要去。」

菲娜和露依敏也很有精神地回應。

於是，我們來到城市的郊外。

那裡的光景超乎我的想像。

眼前有一道階梯，不斷往山上延伸。

「考驗之門該不會就在這道階梯上面吧？」

「沒錯。」

我抬頭仰望。光是看著，我就覺得大腿開始痠痛了。

「這道階梯到底有幾階？」

「我沒有數過，不知道耶。」

光是用看的，我也不知道階梯的數目。

只不過，這毫無疑問是一道漫長的階梯。

我和菲娜慢慢登上階梯。露依敏一次踩過好幾階，輕巧地奔上階梯。莉莉卡小姐小聲唸著：

「我爬得完嗎？」同時跟我們一起登上階梯。

身材嬌小的莉莉卡小姐和菲娜或許會爬得很辛苦。

我們正在慢慢爬樓梯時，菲娜抬頭一看。

「嗚嗚，露依敏小姐已經爬到那麼高的地方了。」

露依敏在相當遠的地方對我們揮手。不愧是在森林土生土長的精靈。這點程度的階梯對露依敏來說，似乎就像是跑在普通的平地上。

菲娜想追上露依敏，但跑到一半就氣喘吁吁，開始用自己的速度繼續前進。我們配合菲娜的速度，慢慢往上爬。

「會累就要說喔。」

「好的。」

我們跟著露依敏，登上階梯。她的後面跟著莉莉卡小姐、菲娜，我則走在最後方。然後，我們大約走到階梯的一半時，菲娜停下腳步。

「菲娜，稍微休息一下吧。」

我從熊熊箱裡拿出冰水，交給菲娜。接過水杯的菲娜咕嚕咕嚕地一口氣喝光。

「優奈姊姊，謝謝妳。」

「優奈，我也想喝水。」

我也拿了冰水給莉莉卡小姐。

「好冰，好好喝喔。」

「優奈小姐，我也要。」

原本走在上面的露依敏出現在我們附近。竟然能特地跑回來喝水，她的體力還真好。我實在很難想像她就是曾經昏倒在我家門口的那個人。不過，那也是因為她當時餓了好幾天。

我拿了一杯水給露依敏，自己也喝了一杯。

稍微休息一陣子以後，我們重新開始爬樓梯。

階梯不斷往上延伸。如果沒有熊熊裝備，憑我這麼虛弱的體力，絕對沒辦法爬這麼長的樓梯。

我真的很感謝熊熊裝備。

相對於穿著外掛裝備爬樓梯的我，菲娜頂著滿頭大汗，努力往上爬。

嗚嗚，我開始湧現強烈的罪惡感了。

「菲娜，妳會累的話，要不要我背妳？還是妳比較喜歡公主抱？」

為了紓解自己的罪惡感，我自告奮勇要背起或是抱起菲娜。

菲娜微微一笑，回答「不用了」。

菲娜真的是個很努力的孩子。

「可是如果累了，妳一定要說喔。我的背部和雙手隨時都歡迎妳。」

然後，我們終於走完漫長的階梯，往下眺望。階梯不斷往下延伸。真虧我們爬得完。要是沒有能熊裝備，我絕對不會登上這道階梯。可是，沒有外掛裝備的其他三個人都靠著自己的力量走上來了。

「好累喔，可是感覺很舒暢。」

菲娜喘著氣眺望下方的街景。我們一眼就能望盡整座城市。光是如此就值得爬上來了。

「接受考驗的人全都要走完這道階梯嗎？」

「這是一年一度的活動。而且鐵匠只是陪同，真正挑戰考驗的人是冒險者，所以沒問題。」

的確，揮舞武器的人是冒險者。冒險者平常也會經過山路或地勢險惡的地方，爬樓梯應該很簡單。他們的鍛鍊方式跟普通人可不同。要不是有熊熊外掛，我絕對無法成為冒險者。

看過下方的風景之後，我轉頭望著靠山的那一側。階梯的頂端連接著一座廣場。

「優奈，走這邊。」

莉莉卡小姐邁出步伐，於是我們也跟了上去。

靠山的深處有建築物，附近有類似大門的東西。

莉莉卡小姐在門前停下腳步。

「這就是考驗之門嗎？」

考驗之門封住了洞窟的入口。

外觀很接近熊熊傳送門。

「嗯，這就是考驗之門。」

我們靠近那扇門。

「所以，它什麼時候會打開？我聽說不久之後就會打開了。」

托亞的測驗期限只到考驗之門關閉為止。我也很在意這一點，於是這麼問道。

「沒有人知道確切的日期。我們只知道魔力滿的時候，門就會打開。每年都差不多是這個時期。」

「按照妳的說法，聽起來好像是門會自動打開呢。」

「嗯，考驗之門會自己打開，再自己關起來。」

「真是不可思議。」

「嗯。不過，對武器鐵匠來說，這是很重要的地方。」

我有點想用熊熊裝備的力量硬把門打開，但還是乖乖放棄了。

反正再過幾天就會打開，而且如果我提早打開，害托亞的測驗期間縮短而不及格，那就太對不起他了。

不過，真希望它快點打開。

「莉莉卡小姐有看過裡面嗎？」

門後面是一座岩山，我想裡面應該是洞窟，可惜現在無法看見門內是什麼樣子。

「我也沒有走進考驗之門過，所以不清楚詳細情形。」

「妳沒有進去過？難道考驗之門就算打開了，也看不到裡面嗎？」

「因為能走進考驗之門的人只有打造武器的鐵匠和使用武器的人，其他人是不能進去的。」

那樣一來，我就不能替傑德先生加油了，而且根本看不到考驗內容。

想進入考驗之門，似乎只有參加一途。明明有活動，我卻不能參加，也不能旁觀。身為一個前遊戲玩家，這簡直是一種折磨。如果能觀戰，至少還有一點樂趣。

「我聽爸爸說過，考驗之門裡面有很一個很寬敞的空間，他們會在那裡測試自己做的武器。」

「要怎麼測試？」

「爸爸沒有告訴我詳情，不過他說考驗的內容會根據武器的種類和鐵匠而異。」

可是內容不同的話，好像無法得知誰的武器是最好的。

「那樣的話，要怎麼知道誰的武器是最優秀的？」

「打造武器是挑戰自我的過程。今天的自己要比昨天的自己、一個月前的自己、一年前的自己更強。真正的目的是確認自己是否有進步。所以，我想那應該是因為跟他人競爭並不是這場活動的目的。」

「妳真不愧是武器鐵匠的女兒。」

「我以前也問過跟妳一樣的問題。所以，這些話其實是我從爸爸那裡現學現賣的啦。」

莉莉卡小姐一臉害臊地這麼說道。

不過，我可以理解洛吉納先生想表達的意思。

這場活動應該是為了確認自己跟去年相比，究竟進步了多少吧。所以，庫賽羅先生才會說他本來想要委託跟去年相同的冒險者。

不過，雖然挑戰自我是很好，但有競爭對手也是很重要的。有些人既是朋友，也是勁敵。這樣的關係有時候能促進成長。

「而且武器有小刀、劍、長槍、鐵鎚等各式各樣的種類，根本無法選出最優秀的一把。」

嗯，雖然這麼說也對，但只有我覺得可以區分成不同的部門嗎？會往這個方向思考，是因為

我有一個遊戲腦嗎？

可是，考驗之門似乎不是由人來判斷，而是由考驗之門本身來判斷，所以提出這種要求好像也有點勉強。可是，聽說了這種事，我就對考驗之門的測驗內容更好奇了。

也許只能等測驗結束之後再問傑德先生了吧。

429 熊熊對露依敏使出公主抱

「莉莉卡小姐，那棟建築物是什麼？」

門附近有一棟簡易的建築物。

「那是由鐵匠公會管理的建築物。簡單來說，就是在測驗期間當作休息站，或是接受諮詢的地方。所以，只有考驗之門開啟的時候會用到它。」

我一開始心想：「蓋在這種地方？」但只要有道具袋，就能運送建材來建造房屋了吧。

「我記得加札爾和戈德也去過。」

「他們兩個人也參加過嗎？」

「對呀。他們倆還是見習鐵匠的時候，很難找到願意用自己的劍挑戰測驗的冒險者，所以只好拜託新人冒險者，結果因為冒險者技術太差而得出悲慘的結果。我以前常聽他們這麼說。然後，爸爸一聽就很生氣地說『是你們技術太差了』。呵呵，真令人懷念。」

「原來戈德叔叔也經歷過那種時期呀。」

聽到這番話，菲娜露出訝異的表情。

那兩個人當然也經歷過菜鳥時代。世界上沒有人一開始就是獨當一面的武器鐵匠。

不過，我也不是不能理解菲娜的心情。看到他們兩個人現在的成就，我也無法想像他們還是菜鳥的樣子。

看過考驗之門，也聽說加札爾先生與戈德先生的往事之後，我們決定打道回府。既然要回去，就代表我們得走下那道漫長的階梯。

「雖然爬上來的時候很辛苦，但光是能看見這片風景就值得了。」

「露依敏不是爬得很輕鬆嗎？」

「我也很累呀。」

「不要騙人了。」

我往左右兩側拉長露依敏的臉頰。

「好、好痛喔。」

「既然會痛，下次就不要再說謊了。」

我放開露依敏的臉頰。

「嗚嗚，我只是看起來輕鬆，其實也爬得很累耶。」

「像菲娜和莉莉卡小姐那樣才叫做累。」

「是的；感覺真的很累。」

「我也不想再爬了。」

菲娜與莉莉卡小姐果然覺得很累。

「菲娜，要不要我背妳？」

「嗚嗚，不用了。優奈姊姊，妳為什麼這麼想背我？」

「因為妳年紀最小，也不是精靈或矮人嘛。」

我在心裡默默補上一句「而且也不是熊」。

精靈的身手很輕巧，矮人則給人體力很好的印象。順帶一提，熊給我的印象是萬能的。既然如此，我們之中就屬菲娜最虛弱。

所以，我就是忍不住對她伸出援手。

「既然菲娜不需要優奈小姐的背，那就借給我吧。」

聽到我和菲娜的對話，露依敏從背後抱住了我。

我本來想反駁「我的背不是菲娜的東西」，但又想到一個有趣的點子，於是答應了露依敏的提議。

不過，我不是要背她，而是請她坐在前面。

「呃，請問為什麼是前面？」

我把露依敏絆倒，然後對她使出公主抱。

「優、優奈小姐？」

「妳要抓緊我喔。萬一掉下去，會死人的。」

我對她微微一笑。

「妳為什麼要笑？我們只是要下樓梯而已吧？」

「…………」

我緩緩從露依敏身上移開視線。

「妳為什麼要移開視線！」

我沒有回答這個問題，抱著露依敏站到階梯旁邊。階梯旁邊就是懸崖，正好適合跳下去。

「優、優奈小姐，那裡沒有樓梯耶。」

露依敏露出不安的表情。

「那麼，菲娜、莉莉卡小姐，我們先下去了。」

「優奈姊姊？」

「優奈？」

我衝出去，從懸崖邊往下跳。

露依敏在我的懷中尖叫，用力抓緊我。

我在途中可以踩踏的地方蹬了一兩次，然後一口氣往下跳，最後漂亮地著地。

露依敏在我的懷裡緊緊抱著我的脖子。如果沒有熊熊裝備，我絕對辦不到這種事。

「嗚嗚嗚，優奈小姐，妳怎麼可以突然跳下去？太過分了。這樣很恐怖耶。」

我一把露依敏放下來，她便跌坐在地。她的眼眶裡微微泛著淚光，似乎真的很害怕。

「因為我覺得用普通的方式下樓梯很無聊嘛。」
這種方法就像安全的高空彈跳一樣。我還以為她會覺得很好玩，看來她並不這麼想。
「妳該不會是腿軟了吧？」
「妳以為是誰害的啊！」
露依敏這麼抱怨，雙腳卻抖得站不起來。
「嗚嗚，嚇死我了。」
「妳該不會是尿褲子了吧？」
「我才沒有！」
露依敏這麼斷然反駁。

然後，菲娜與莉莉卡小姐從階梯上跑下來，來到我們面前。
「露依敏小姐，妳沒事吧？」
「嗚嗚，菲娜，我好怕喔。我還以為自己死定了。」
露依敏抱住菲娜。看來她已經可以走路了。
「優奈，妳抱著露依敏從那麼高的地方跳下來，什麼事都沒有嗎？」
莉莉卡小姐一臉擔心地問道。
「我用魔力強化了自己的身體，所以沒事。」

「優奈真的是人不可貌相呢，好厲害。」

原本擔心的表情轉變成傻眼的表情。

的確，正常人根本不會覺得我這種打扮成熊的女孩子很強。

「菲娜和莉莉卡小姐下次要不要也試試看？」

「請容我拒絕。」

「我也拒絕。」

菲娜與莉莉卡小姐兩個人都立刻搖頭。

明明很好玩的，真可惜。

過了一陣子，露依敏的心情總算平復，然後我們到莉莉卡小姐的家，也就是洛吉納先生的家吃晚餐，順便聊聊今天發生的事，以及有關克里莫尼亞與王都的話題。

莉莉卡小姐對精靈村落很好奇，於是露依敏說起了關於精靈村落的事。

「我也想去露依敏居住的精靈村落或是菲娜的城市看看呢。」

「妳不想去王都嗎？」

「我當然也想去王都看看囉。而且我也想知道加札爾有沒有好好工作。可是，王都太遠了，我沒辦法說去就去。」

因為有熊熊傳送門，我可以輕易來往各地。不過，對普通人來說，王都是很遙遠的地方。

「真虧優奈妳們能從那麼遠的地方來到這裡。」

「因為我有召喚獸嘛。」

「召喚獸?」

我不能說出熊熊傳送門的事，只好這麼回答。我確實是從精靈村落騎著熊緩與熊急來到這裡的，所以這麼說也不算撒謊。

「優奈小姐的召喚獸是熊，非常可愛喔。而且腳程很快，從我住的村子到這裡只花了不到兩天呢。」

「是嗎?可是，熊應該很可怕吧。」

「熊緩和熊急很可愛的。」

「對呀，牠們很可愛。」

露依敏與菲娜強調熊緩和熊急的可愛。

「熊的召喚獸……」

莉莉卡小姐看著我。

她似乎很想見見熊緩與熊急。

「呃，妳想看看嗎?」

「應該沒有危險吧?牠們不會攻擊我吧?不會吃掉我吧?」

莉莉卡小姐這麼反覆確認。

「只要妳不突然攻擊牠們，那就沒有危險。」

「我才不會做那麼可怕的事呢。」

莉莉卡小姐左右搖頭。

我取得洛吉納先生與薇歐菈小姐的同意，移動到能召喚熊緩與熊急的寬敞房間。

我伸出手臂，召喚熊緩與熊急。

「熊！」

莉莉卡小姐躲到洛吉納先生後面。

「黑色的熊叫做熊緩，白色的熊叫做熊急。」

我介紹熊緩與熊急，菲娜和露依敏便各自抱住牠們。

「真的沒問題嗎？」

「沒問題的。」

「牠們不會傷害人。」

聽到菲娜和露依敏這麼說，莉莉卡小姐慢慢從洛吉納先生身後走了出來。

洛吉納先生與薇歐菈小姐雖然嚇了一跳，卻沒有露出害怕的神情。莉莉卡小姐戰戰兢兢地伸出手，觸摸熊緩。

「好柔軟，而且摸起來好舒服。」

熊緩似乎也很舒服，輕輕叫了一聲。莉莉卡小姐對乖巧的熊緩感到放心，進而撫摸牠的頭。

「另一隻是白色的熊呢。牠的白毛真漂亮。」

知道牠們並不危險的莉莉卡小姐開始盡情撫摸熊緩與熊急。

然後，莉莉卡小姐就像孩子一樣，騎到熊緩與熊急的背上，玩得很開心。

她似乎很喜歡熊緩與熊急。

我們向洛吉納先生與做菜招待我們的薇歐菈小姐道謝，然後回到旅館。

「真是累死我了～」

露依敏一頭倒到床上。

「我的腳好痠喔。」

菲娜也坐到床上，按摩自己的雙腿。因為菲娜靠自己的腳，很努力地上下樓梯嘛。

「那麼，我們洗澡之後就上床睡覺吧。」

「可是，想洗澡的話……」

「不用擔心。」

旅館似乎沒有浴室，必須去公共澡堂才能洗澡。現在去也有點晚了，而且我實在不想在別人面前脫光衣服。我確實鎖好房間的門，避免梅爾小姐和瑟妮雅小姐闖入，然後取出熊熊傳送門。

這個房間裡的人都知道熊熊傳送門的事，所以我沒理由不用它。

我打開通往精靈森林的熊熊傳送門。

雖然也可以回到克里莫尼亞的熊熊屋，但如果屋內有燈光，被別人發現我回來了，那就會引來麻煩。可是，精靈森林的熊熊屋離村子有一段距離，就算稍微透出燈光也不容易被發現。而且身為村長的穆穆祿德先生也知道熊熊傳送門的事，就算有什麼萬一也能輕易瞞過去。

況且，如果使用克里莫尼亞的熊熊屋，使得露依敏要求參觀克里莫尼亞，那就麻煩了，所以我選擇前往精靈森林的熊熊屋。

於是，我們悠閒地泡澡，舒緩走了一整天的疲勞。

泡澡真是美好的文化。

430 熊熊參觀職場

隔天早上，熊緩與熊急叫醒的菲娜和露依敏叫醒了我。就跟上次一樣，熊緩與熊急也被她們倆抱走了。我覺得有點寂寞。今天晚上就拿出熊緩布偶和熊急布偶，抱著它們睡覺好了。

我們換好衣服，在餐廳吃早餐的時候，梅爾小姐與瑟妮雅小姐來了。

「妳們早安。」

梅爾小姐向我們打招呼，瑟妮雅小姐則以舉手代替。我們也向她們打招呼。

「優奈，昨天真抱歉。妳後來有見到洛吉納先生嗎？」

「有啊。」

雖然我很驚訝他已經不做武器了。

「對了，梅爾小姐你們的東西都買到了嗎？」

「嗯，大多數都買到了，但還要再跑一些地方。而且，另外還有幾樣東西得訂做。」

然後，我問起關於托亞的事。

「嗯～這次就連吊兒郎當的托亞也是真的受到打擊了。雖然我覺得找別的鐵匠訂做也沒關係，托亞卻說他不想委託庫賽羅先生以外的人。」

「可是，他答應了我們的條件。」

瑟妮雅小姐說，他們答應讓托亞在測驗之前自由行動，但如果他沒有通過測驗，就必須向其他鐵匠訂做。

我不覺得技術能在幾天之內進步，他真的沒問題嗎？

「托亞確實有實力，可是很容易在正式上場的時候失常。他平常會表現得那麼吊兒郎當，其實也是想要隱藏自己的真心。他本人似乎以為別人沒發現就是了。」

原來是這樣啊。我還以為他單純是一個吊兒郎當的人。

「所以，這次我們打算讓托亞放手去試。反正採買的工作也不是非托亞不可。對了，優奈妳們今天要做什麼？」

「我們今天也要去找洛吉納先生。」

「妳們不是昨天才去嗎？該不會是要請他做武器吧？」

梅爾小姐果然不知道洛吉納先生已經沒有在做武器了。我提起洛吉納先生停止做武器，目前正在做鍋子的事。

「妳不是在說謊或開玩笑吧？」

「他目前正在做湯鍋或平底鍋之類的東西。」

「那些湯鍋和平底鍋一定很強。」

我忍不住贊同瑟妮雅小姐這句話。

「所以，他今天要製作我們昨天下訂的湯鍋和平底鍋，我們約好今天去參觀製作過程。」

昨天吃晚餐的時候，菲娜和露依敏說想看看鍋子的製作過程，洛吉納先生便答應了。

所以，我們今天要去拜訪洛吉納先生，參觀湯鍋和平底鍋的製作過程。

簡單來說，就類似參觀職場的活動。

但比起湯鍋和平底鍋，我個人比較想看看劍的製作過程。

我們跟負責採買的梅爾小姐與瑟妮雅小姐道別之後，來到洛吉納先生的店。一走進店裡，莉莉卡小姐就出來迎接我們了。

我昨天就這麼想了，她的個子還真小。

看起來一點也不像是比我年長的人。

「我一直在等妳們呢。爸爸已經在工作了，妳們直接去後面吧。」

取得莉莉卡的許可，我們走向深處的工作室。打鐵的響亮聲音從深處傳來。

「嗚嗚，好熱喔。」

「鐵匠都是在這麼熱的地方工作啊。」

菲娜和露依敏一走進工作室，立刻就露出感到悶熱的表情。我多虧有熊熊布偶裝，並不覺得熱。雖然是我自己說的話，但穿著布偶裝反而不覺得熱，聽起來真是莫名其妙。

「妳們真的來了啊？我還以為昨天的話只是開玩笑。看別人打鐵好玩嗎？」

正在製作鍋子的洛吉納先生一看到我們便說出這番話。

「是，我很好奇鍋子是怎麼做出來的。」

「精靈村落沒有鐵匠，所以我也很好奇。」

「好吧，如果只是看著，那就隨妳們的便。不過，有些東西很危險，妳們可別隨便亂碰這附近的東西。另外，最好不要太靠近。萬一燙傷妳們的細皮嫩肉，那就糟糕了。」

洛吉納先生說完注意事項便繼續打鐵。

菲娜和露依敏認真地看著洛吉納先生工作的樣子。

原本是一塊鐵板的東西逐漸變形，每次敲打就像施了魔法一樣，變成各式各樣的形狀。

不論是劍還是鍋子都一樣。

因為不是做武器，所以我一開始沒什麼興趣，但看著鐵的形狀逐漸改變，其實還滿有趣的。

菲娜和露依敏頂著額頭的汗水，專心參觀打鐵的過程。

為了避免她們陷入脫水狀態，我提醒兩人要在口渴時主動告訴我。

然後，經過洛吉納先生那雙神一般的巧手，一個鍋子完成了。真是精湛的技藝。

洛吉納先生接二連三地做出許多鍋子。

菲娜和露依敏無法長時間待在炎熱的空間，中途離開了工作室。

「大家還好嗎？工作室很熱吧。」

莉莉卡小姐端茶給我們。

「是的，真的很熱。」

「聲音也很大。」

兩人一口氣喝光杯子裡的冰茶。

「悶熱的感覺很難受，聲音也很吵呢。他們以前是三個人一起做，所以聲音也大了三倍喔。」

莉莉卡小姐露出懷念的表情。

戈德先生與加札爾先生總有一天也會回到故鄉嗎？我並沒有能回去的故鄉。真要說的話，克里莫尼亞已經漸漸成為我的故鄉了。

我們正喝著冰涼的飲料時，洛吉納先生走了過來。

洛吉納先生也向莉莉卡小姐要了一杯飲料。

「妳們覺得好玩嗎？」

洛吉納先生喝著水，這麼詢問菲娜和露依敏。

「是，看著堅硬的鐵被敲成各種不同的形狀，感覺很不可思議。」

「燒熱的鐵容易變形，冷卻就會變硬。我們會觀察鐵的狀態再敲打。」

「洛吉納先生的手就像魔法一樣。」

洛吉納先生聽到菲娜和露依敏的讚美，露出高興的神情。

「請問做劍和做鍋子，哪種比較簡單呢？」

「……做劍比較困難。劍不只是強度要夠，也要考慮到敲、砍、擋的動作。製作的時候要注意鐵的溫度、敲打的力道強弱等各種細節。而且，就算用相同的做法，也做不出兩把一模一樣的劍。即使能做出一把最高傑作，也絕對無法再做出同樣的作品。」

洛吉納先生小聲回答菲娜的疑問。

「話雖如此，但也不代表做湯鍋和平底鍋等廚具是一件簡單的事。做鍋子也有做鍋子的辛苦。只不過，武器是天外有天，能夠不斷追求下去。鍋子使用了一段時間，舊了之後再換就好，但劍可沒有那麼簡單。」

「劍如果斷了，也可以再換新的啊。」

露依敏理所當然似的這麼問道。

「小姑娘，『劍斷了再換就好』這話雖然說得簡單，但如果劍是在戰鬥的過程中斷掉呢？」

「這……」

露依敏聽到這番話，似乎也明白了。

「或許只要在道具袋裡裝著備用的劍就行了。不過，如果是遇到讓妳沒有時間替換的對手呢？而且，有些人連備用的劍都買不起。」

「……是。」

「除此之外，做武器就是不斷地追求細微的差異，像是『如果再鋒利一點就能打倒對手了』、『如果再堅固一點就不會斷了』、『如果再輕一點就更好用了』……所謂的『一點』或許能拯救武器使用者的性命。武器鐵匠背負著武器使用者的性命。所以，製作武器是一份艱難的工作。」

庫賽羅先生也說過類似的話。

所以，他希望好的武器是由懂得運用的人來使用，因此不願意替托亞打造祕銀之劍。

對一流的鐵匠來說，打造武器並不是錢的問題。

鍋子就算舊了，也不會害死使用者。只要更換就沒問題了。

「不過，這也要看鐵匠抱著什麼樣的心態。剛才的話只是我個人的看法。」

洛吉納先生替其他鐵匠說話。

意思是世界上也有重視金錢的鐵匠。

畢竟這也關係到本人的生活，所以無法一概斷言何者正確。沒有錢就很難生活，這點連我也明白。

「洛吉納先生已經不會再做武器了嗎？」

「……我不知道。」

洛吉納先生只說了這句話，便結束了休息時間，回到工作崗位。

431 熊熊再次砍劍

為了慰勞托亞，我帶著菲娜和露依敏來到城市的郊外。

「托亞的特訓還順利嗎？」

我詢問一起前來的瑟妮雅小姐。

「他很努力。偶然或奇蹟似的，他現在十次之中可以砍斷一次。」

偶然或奇蹟似的……這種時候應該說他的實力進步了吧。

「是嗎？這樣的話，應該勉強可以及格吧。」

「托亞還不滿意。而且庫賽羅說過，機會只有三次。所以，現在的狀態是不可能及格的。」

十分之一的機率確實無法及格。

「好嚴格喔。」

「沒有那回事，標準反而很寬鬆。目標不會移動，而且集中精神的時間和揮砍的距離也是自由決定。實戰的敵人是會動的。我們真正要對付的是會動的敵人。所以，這場測驗的標準很寬鬆。」

這麼說確實沒錯。測驗內容只是砍斷靜止的目標。距離與時機都可以自由決定，也能深呼

吸，讓內心冷靜下來。可是，真正的對手是會動的，根本沒有時間讓自己冷靜下來。對手也不會乖乖保持容易揮砍的距離。如果距離太遠，劍就砍不到。如果距離太近，就無法順利揮下武器。冒險者真正必須打倒的是會移動的對手。

這麼說來，正如瑟妮雅小姐所說，這場測驗的標準或許真的很寬鬆。而且機會共有三次。

「能砍斷靜止的目標只不過是半吊子。能砍斷會動的目標才算是獨當一面。」

瑟妮雅小姐面無表情地這麼說。

「所以，現在的托亞連半吊子都不如。」

我再一次認知到這個世界有多麼嚴苛。

我們走進森林，看見托亞正在揮劍的模樣。

「托亞，我帶食物來了。」

「謝啦。」

托亞停止揮劍，轉頭看著我們。

「怎麼，小姑娘妳們也來啦？」

「你有好好努力嗎？」

「有啦。我一定要讓庫賽羅大叔認同我，替我做劍。」

托亞把劍收進劍鞘，在附近一顆適合當椅子的石頭上坐下。然後，他開始吃起我帶來慰勞他的麵包。

「你狀況如何？我聽瑟妮雅小姐說，你偶爾、碰巧、奇蹟般地砍斷了幾次。」

「不是碰巧也不是奇蹟啦，那是我的實力……只是砍十次才能成功一次。」

這就叫做碰巧啊。

「可是，我總覺得還差一點就能抓到訣竅了。順利砍斷的時候，我的手上還留著那種感覺。如果每次都能抓到同樣的感覺就好了。」

托亞凝視著自己的手。

「就算問傑德和瑟妮雅，他們也能輕鬆辦到，根本沒有參考價值。」

「這就是天才和凡人的差別。」

「哼！凡人肯努力也辦得到，我就證明給妳看。」

這個世界確實有天才，什麼事情都能一學就會。甚至有些人用看的就能學會。

「待在天才身邊的凡人真的很難受呢。我也能理解你的心情。」

「……」

「……」

「……」

「……」

菲娜、露依敏、瑟妮雅小姐、托亞共四個人都看著我，露出「妳到底在說什麼？」的傻眼表

情。每個人的表情都一模一樣。

「幹嘛？」

「小姑娘，妳這種講話方式就叫做嘲諷。妳明明打倒過那麼強的魔物。魔力也算是一種才能，而且妳也懂得用武器吧。」

「優奈是天才。」

「優奈姊姊是很厲害的人。」

「我也這麼覺得。」

看來大家都以為我是天才。

從別人的角度看來是這樣，但我並不是天才，只是靠外掛罷了。

「小姑娘，妳才這個年紀，到底是怎麼變得這麼強的？我知道魔力是天生的才能。可是在妳這個年紀，普通人應該一看到魔物就會害怕才對。妳卻很習慣戰鬥。不管是跟蠕蟲戰鬥的時候，還是跟毒蠍戰鬥的時候，妳簡直就像個身經百戰的冒險者……妳該不會有謊報年齡吧！」

托亞彷彿突然想到了什麼，這麼叫道。

我靠近托亞，輕踢了他一下。

「我才沒有謊報年齡，至於為什麼習慣戰鬥，只是因為我的經驗比別人多而已。」

我為了賺取遊戲的經驗值，曾經一天戰鬥幾百、幾千次，有時候連續好幾天都這樣。這樣的習慣和經驗讓我不會害怕魔物。

而且不只是魔物，我也經歷過幾百、幾千場玩家之間的對戰。我的經驗絕對比托亞還要多。

「妳說經驗多，那妳是從什麼時候開始戰鬥的？」

「這是祕密。」

我用熊熊玩偶手套抵著嘴巴，擺出少女般的姿勢。

於是，菲娜和露依敏笑了出來。看來我好像不適合這種動作。

「妳這樣保密，我就更好奇了。」

「問女生的祕密很沒禮貌。」

瑟妮雅小姐從背後抱住我，保護我不受托亞的逼問。

「不過，都是女生的話就沒關係。」

「我不會說的。」

「真可惜。」

我不能說出遊戲的事，所以無法解釋自己是在哪裡戰鬥的。

「小姑娘，妳要不要跟我交手看看？」

「托亞，我勸你不要。那樣只會讓你丟臉罷了。」

「我不覺得自己能贏，但也不會輕易輸掉的。」

「一下下的話，好吧。」

人與人之間的較量也有其樂趣。

雖然力量和速度是仰賴熊熊裝備，但戰術運用是我在遊戲中習得的技術。抵擋或躲避對手的攻擊都需要技術。

我和托亞開始一場簡單的比賽。使用真刀就太危險了，所以我們用的是木製的劍。

我和托亞面對面。然後，在瑟妮雅小姐的口號之下，比賽開始。

…………

………

……

幾分鐘後，托亞意志消沉。

「那個，對不起，我太不懂得手下留情了。我應該打得更勢均力敵……」

托亞背對我，蹲在地上。

我當然有手下留情。托亞並不弱，但也不強。我盡量減少攻擊的次數，並擋下他的攻擊。可是，托亞的攻擊一旦被我躲開，他就會使出更多無效的攻擊，因而露出破綻，我便忍不住攻擊。

因為他實在是破綻百出。

「妳明明穿著看起來很難活動的衣服，為什麼動作那麼快？而且妳的力氣到底是哪裡來的？」

雖然我的打扮看似不好活動，但如果沒有這身熊熊服裝，我反而無法做出快速的動作。

托亞發現自己打不到我，便靠著蠻力發動攻擊。可是，我用熊熊布偶裝的力量反制他。

「我是靠經驗啦。我經歷了好幾次生死關頭（雖然只是遊戲），從中學到了經驗。」

「生死關頭？」

「所以，我不會輕易輸給別人。我也跟你一樣，不是輕輕鬆鬆就練出現在的實力的。」

不過，我也是因為有熊熊裝備能彌補肌力，才能辦到這種事。如果沒有熊熊裝備，我就沒辦法揮劍、衝刺，或是擋下托亞的劍。

不過，動作、行為、判斷能力是屬於我自己的。

「如果是小姑娘，一定能輕鬆通過庫賽羅大叔的測驗吧。」

「優奈已經借用傑德的劍，通過測驗了。」

瑟妮雅小姐回應了托亞的低語。

「瑟妮雅小姐怎麼會知道這件事？」

我記得瑟妮雅小姐當時應該不在才對。

「我從梅爾那裡聽說了。」

原來如此，是梅爾小姐提供的情報啊。

「傑德把劍借給妳啊。連我都很少能借到他的劍耶。」

原本就沮喪的托亞更加沮喪了。

「可是，那個，因為傑德先生的劍和托亞的劍不同嘛。傑德先生的劍不是比較好嗎？」

「這、這麼說也對。」

為什麼我得替托亞說話呢？這種事應該由同隊的瑟妮雅小姐來做吧。

「既然如此，優奈就用托亞的那把劍來試吧。」

瑟妮雅小姐！妳為什麼要這麼說？要是我成功了，托亞一定會更沮喪。故意失敗也不太好。

「托亞，你可以仔細觀察優奈的肢體和揮劍的動作，向她學習。她的體格和力量跟你當然不同，但還是學得到東西。我用的是小刀，沒辦法教你。而且你也不想太依賴傑德吧。」

我本來想拒絕，瑟妮雅小姐卻用認真的語氣向托亞說明了好處。聽到瑟妮雅小姐這麼說，托亞用認真的表情抬起頭來。

「觀察和學習啊……妳說得對。再這樣下去，我也不知道能不能成功。小姑娘，能拜託妳嗎？」

托亞站了起來，對我遞出祕銀之劍。

現場的氣氛讓我無法拒絕，於是我只好答應。我把鈍劍插在地上，借用托亞的祕銀之劍。托亞站在我後面，專心地凝視著劍。

我握緊劍柄。多虧熊熊裝備，我感覺不到重量，但這把劍有點大。我空揮幾下，確認攻擊範圍。

「那麼，我要開始了。」

我站到劍的前方，對插在地上的劍一砍。鈍劍從中央斷裂。

「…………」

托亞一動也不動，注視著斷掉的劍。他看起來不像是呆住了，比較像是正在思考。

「速度、角度、力量。」

托亞喃喃唸著自己正在思考的事。

「小姑娘，麻煩再來一次。」

托亞沒等我回答便拿出另一把鈍劍。然後，他在劍上綁了某種東西，再插到地上。劍上綁著兩條紅色的繩子。

「小姑娘，妳能瞄準這兩條繩子中間嗎？因為妳的劍法太快了，我剛才沒看清楚砍斷的瞬間。可是，如果先知道妳要砍的地方，我就能專心看那裡了。」

看來紅色繩子是一種記號。這麼做似乎是為了專心觀察一個地方，以免錯過砍斷的瞬間。兩條繩子之間只有一到兩公分的距離。可是，如果這麼做就能讓托亞學會，我決定試試看。

「只有一次喔。」

「嗯，一次就好。」

「那麼，我會沿著對角線，從上方的繩子砍到下方的繩子，你要仔細看喔。」

菲娜等人默默地看著我們的互動。我深呼吸，用熊熊玩偶手套握緊祕銀之劍。然後，我瞄準上方的繩子與下方的繩子形成的對角線，揮劍一砍。

鈍劍被砍成綁著繩子的上下兩截。

我能聽到靜靜吐息的聲音從周圍傳來。

我轉頭看著托亞，他的眼睛連眨都沒眨，專注地凝視著插在地上的劍。我不發一語地對托亞遞出祕銀之劍，他便默默地接過了劍。

「希望這有參考價值。」

「嗯，很有參考價值。謝謝妳。」

托亞握緊劍柄，開始揮劍。

如果他能多少抓到一點訣竅，那就太好了。

為了不妨礙托亞練習，我們離開了現場。

然後，到了當天的晚餐時間，托亞再度向我道謝，讓我很驚訝。

看來他似乎抓到了什麼感覺。

432 熊熊買房子

為了購買擺放熊熊傳送門的房子，我今天要前往商業公會。

雖然不知道今後還會不會造訪矮人之城，但身為前遊戲玩家，我還是想先做好傳送點。

而且熊熊傳送門的數量並沒有限制，多放也不會造成什麼負擔。

最重要的是，只要先設置熊熊傳送門，回程就輕鬆了。

「妳們其實可以在旅館等我的。」

我說自己要去商業公會購買設置熊熊傳送門的房子，菲娜和露依敏就說要跟我一起去了。

「我想看看優奈姊姊會買什麼樣的房子。」

「可是，優奈小姐，妳有錢嗎？房子是很貴的東西吧。」

「嗯，是啊，很貴。」

話雖如此，不同的城市或王都的價格也不同；就算是同樣的城市，方便居住的地區與不方便居住的地區也會有不同的價格。

我在王都買的土地很靠近上流地區，所以價格相當高。

因此，我要先問過才知道這座城市的房屋價格大約是多少，但應該是不便宜。

不過，我不擔心錢的事。我有在原本的世界存的錢，再加上來到這個世界之後賺到的錢。

另外，有件事連菲娜也不知道，那就是我還有隧道通行費的收入。

「憑我身上的錢，絕對買不起房子。」

的確，用來買湯鍋和平底鍋的錢是買不到房子的。

我們走到大街上，尋找商業公會。根據我們在旅館打聽到的消息，商業公會應該就在這附近。

「優奈姊姊，是不是那裡？」

菲娜伸手一指。前方有商業公會的招牌，應該就是那裡沒錯。

「好像是呢。」

我帶著菲娜和露依敏，走進商業公會的建築物。裡面的人潮比我想像中還要少。我個人比較希望人少一點，所以感到慶幸。

櫃檯那裡並沒有人在排隊，看來不必等待了。

我走向櫃檯，那裡坐著一個可愛的女孩子。櫃檯小姐是個矮人女孩。

「……熊？」

我正感到驚訝的時候，矮人櫃檯小姐也很驚訝地看著我的裝扮。

我已經很習慣別人的驚訝反應了，於是不以為意，說出自己的需求。

「呃，我想買房子。」

「各位小妹妹要買房子？」

櫃檯小姐先看看我，然後再看看我身後的菲娜和露依敏。一般人看到這些成員，根本不會想到是要買房子的客人。

「我有錢，不用擔心。」

我這麼一說，櫃檯小姐就用懷疑的目光看著我們。

「呃，我想確認一下，請問您的雙親在嗎？」

「不在，需要雙親同意嗎？要錢的話，我付得起。」

「不，確實不需要雙親同意……」

櫃檯小姐看著我、菲娜和露依敏，然後再次看著我。接著，她稍微思考了一下，請我提供居民卡。

「公會卡也可以吧？」

「是的，只要能證明身分即可。」

我遞出公會卡。接過公會卡的櫃檯小姐一看到卡片，表情就變了。

「名字是優奈小姐，冒險者階級是C，商業公會階級是E……」

我不知道她是對哪一點感到驚訝。應該是冒險者階級吧。

「請問職業寫著熊是什麼意思呢？」

看來她是對此感到驚訝。

「就如妳所見。」

我嫌麻煩，於是這麼回答。

「……我明白了。」

我不知道她明白了什麼，但我決定不問。

「那麼，請問是否要指定購買房屋的地點，或是購買金額的上限呢？」

「我沒有特別設定預算的上限。可以的話，我希望買在遠離市中心，就算有人出入也不顯眼的地點。房子很小也沒關係。可是，我不想要很髒的房子。」

我說出適合設置熊熊傳送門的房屋條件，櫃檯小姐就用更加懷疑的眼神看著我們，說出驚人之語。

「竟然想買在遠離市中心又不顯眼的地方，難道是離家出走……」

「不、不是啦。妳看我的打扮也知道吧，我只是不想引起騷動而已。」

「真的嗎？」

在克里莫尼亞，因為米蕾奴小姐早就知道我這號人物，所以我很簡單就租到土地了。在王都是多虧有葛蘭先生和艾蕾羅拉小姐幫我說話。在密利拉鎮是因為我打倒了克拉肯，再加上阿朵拉小姐的許可，我才能建造熊熊屋。拉魯滋城的房子是雷多貝爾先生讓給我的。在精靈村落，穆穆祿德先生為了感謝我擊退魔物，提供場地給我建造熊熊屋。在沙漠之城迪賽特，身為領主的巴利瑪先生替我寫了介紹信。

現在回想起來，過去要建造或購買房子的時候，我總能得到許多人的幫助。

這次沒有介紹信，也沒有人脈，更沒有熟人陪著我。

我重新認知到，自己至今為止究竟接受過多少幫助。

「……優奈姊姊。」

「……優奈小姐。」

菲娜和露依敏一臉擔心地望著我。

這次是不是該放棄呢？

在城外建造房子也是一個方法。不過，如果在我不知道的情況下曝光而引發騷動，那就傷腦筋了。

我正在煩惱該怎麼辦的時候，有人從後面出聲喚道：「是熊姑娘嗎？」

我回過頭，見到剛才浮現在我腦中的人物。

「雷多貝爾先生？」

他是露依敏因為手環的事，在拉魯滋城添了麻煩的人。

而且，我要在拉魯滋城設置熊熊傳送門的時候，他也通融了一棟房子給我。

「旁邊那位是當時的精靈女孩吧。」

「呃，是的。我當時真的添了不少麻煩。」

露依敏對雷多貝爾先生低頭行禮。

「不，雖說當時是為了孫女，但我也給妳添了麻煩。」

「對了，雷多貝爾先生怎麼會在這裡呢？」

「我可是商人，當然也會出外採買了。」

明明是個老爺爺，他還真有行動力。

「這麼說來，你是來這裡進貨的嗎？」

「沒錯。那麼，小姑娘妳們又是為了什麼才來到這裡？」

我簡單說明自己是來買湯鍋和平底鍋等廚具的。

然後，因為難得來一趟，所以我來到商業公會，打算購買房子。可是，這個櫃檯小姐以為我是離家出走的小孩，我正感到困擾。

聽到我這番話，雷多貝爾先生露出有點傻眼的表情。

「小姑娘，妳要買房子嗎？」

他果然感到疑惑。普通人根本不會在不打算長住的地方買房子。

「呃……」

我正猶豫不決的時候，站在一旁的露依敏開口了。

「因為我們精靈以後還會定期來採買物資，所以打算買一棟房子。優奈小姐只是代替我們簽約而已。」

露依敏這麼說道。可是，我也想不到說服雷多貝爾先生的說法，於是配合了露依敏的謊言。

「而且，我也會借用那棟房子。」

雷多貝爾先生看著我和露依敏，稍微思考一下子後開口說道：

「既然如此，我來替妳們談談吧。」

「可以嗎？」

「因為我曾經給妳和這個精靈女孩添麻煩嘛。」

雖然說謊讓我過意不去，但我的確會使用這棟房子。

我向雷多貝爾先生道謝。

「謝謝你。」

雷多貝爾先生代替我，站到櫃檯小姐面前，開始與她交談。

…………

櫃檯小姐非常吃驚。

…………

公會的高層出面接待。

……

三人開始討論。

「我明白了。既然雷多貝爾先生願意擔任身分保證人，那就沒有問題了。」

雷多貝爾先生一出面交涉，轉眼間就取得認可了。

多虧有雷多貝爾先生，我才能免於奇怪的嫌疑（離家出走），順利買到房子。

「那麼，我們馬上尋找符合需求的房子，請稍等一下。」

櫃檯小姐走到深處尋找資料。

「雷多貝爾先生，謝謝你。」

「這點小事，不必放在心上。不過，錢的事情沒問題吧？」

「沒問題。」

也難怪他會擔心錢的問題。

「那麼，我還有工作，先失陪了。」

「可是我還沒答謝你……」

我挽留了正要離開的雷多貝爾先生。

「要答謝我的話，下次妳畫好新的繪本時，再拿去給我孫女愛露卡就好了。」

雷多貝爾先生露齒一笑，就這麼離去。

雷多貝爾先生是來工作的，耽誤他的時間也不太好。我就按照雷多貝爾先生的期望，下次畫好新的繪本之後，再拿去送給愛露卡吧。

433 熊熊打掃房子

雷多貝爾先生回去工作了，而櫃檯小姐正在尋找符合我需求的房子。

「讓您久等了。有幾間房屋符合您的需求，還請您確認。」

櫃檯小姐拿著資料，回到櫃檯。然後，她在我面前攤開看似這座城市的地圖。

「那麼，我接下來會說明候選地點與周圍的環境，如果有看到喜歡的地點，請告訴我。」

櫃檯小姐看著地圖與資料，仔細地說明每一棟房子的大小、金額與周圍的環境。

或許是因為有雷多貝爾先生的幫忙，她提出了相當多的候選地點。

我可得好好感謝雷多貝爾先生。

「這裡的居民較少，但遠離市中心，所以有些不便。」

「這裡是住宅區，居民較多，但很適合居住。」

「這裡過去是鐵匠的住家。為了避開人多的地方，地點比較偏遠，而現在已經沒有人居住了。」

「這裡是新建造的住宅區。目前居民較少，但將來會建造許多住宅。」

「這裡遠離市中心，十分寧靜。不過，由於離市中心較遠，所以比較不方便購物。」

我從櫃檯小姐說明的地點中挑出兩個選項，決定先去現場看看房屋和周圍環境再決定。

負責帶路的人也是同一位櫃檯小姐。

櫃檯小姐自稱法姆。

法姆準備了馬車，讓我們搭乘馬車過去。

似乎是因為還有菲娜和露依敏在，所以她才會特地這麼安排。

我們搭乘馬車，前往第一間房子。

「對了，優奈小姐，妳的職業為什麼是熊？」

坐在我旁邊的露依敏這麼問道。

她似乎是指剛才在商業公會的對話中提到的事。

「那是我在冒險者公會登記的職業。用劍的人就是劍士，用魔法的人就是魔法師，大概是這樣。可是，登記為冒險者的時候，我沒有帶劍，也不知道能不能自稱魔法師，所以就帶著開玩笑的心態填了熊。」

我用開玩笑的心態在紙上寫下「熊」，海倫小姐就真的在我的公會卡上登記了「熊」。從此以後，我的職業就一直是熊，直到今天。

「原來是這麼一回事。可是，就算是開玩笑，我覺得應該沒有人會真的寫熊吧。」

這些話請跟剛來到異世界的我說。

當時我處於人生地不熟的狀態，所以也沒辦法。

如果是現在，我或許會填魔法劍士。

我們聊著聊著，馬車便停了下來。

「我們到了。」

我們走下馬車。

正如我的要求，這裡離人多的市中心很遠，周圍的房子也少。

這裡以前好像是鐵匠的家。

我們走進屋內。

「霉味好重。」

露依敏摀住鼻子。

「打掃起來應該很辛苦。」

菲娜也摀住口鼻。

「不好意思，因為這幾年都沒有人居住。如果您急著使用，我會立刻請人來打掃。」

我稍微檢視了屋內，看起來無法馬上居住。

「總而言之，我想先看看下一棟房子再決定。」

我們前往下一棟候選的房子。

第二棟房子蓋在類似克里莫尼亞的孤兒院的牆壁附近。周圍有幾間房子，但看起來沒有什麼

人經過。

這裡比剛才看到的舊鐵匠住家更新且漂亮。房子附有庭院，外觀看起來很不錯。

「那麼，請到屋內看看。」

櫃檯小姐打開門，走進屋內。

「裡面很新呢。」

「是的，因為房子蓋好之後，屋主馬上就因為家庭因素而搬家了。這棟房子並沒有使用很久。」

這裡似乎只空了幾個月，頂多是積了一點灰塵而已。

這樣一來，我們就可以自己打掃了。

「不過，因為距離市中心的商店與攤販比較遠……」

這裡的位置比第一間房子還要偏遠。

可是，我並沒有要住在這裡，所以沒問題。

所以，根本沒必要猶豫。

「嗯，我決定選這裡。」

這裡的價格也最便宜，而且鮮少有人經過。周圍的房屋數量也少。這些全部都是優點。

「感謝您的購買。那麼可以請您辦理手續嗎？」

櫃檯小姐拿起文件，尋找需要填寫的地方。

可是，屋裡沒有餐桌或書桌。櫃檯小姐提議「暫時回到公會」，於是我從熊熊箱裡取出桌子和兩張椅子。

櫃檯小姐對我從熊熊玩偶手套裡拿出桌子的事感到驚訝，但我對此不以為意，在契約書上簽名。

「請問您要如何支付款項呢？分期付款也可以。」

「我要一次付清。」

「咦？」

「我要一次付清。」

我再說了一次。

然後，我嫌麻煩，於是把契約書上所寫的金額放到桌上。

「這樣就可以了嗎？」

「呃，我必須確認一下，請稍等。」

櫃檯小姐開始清點桌上的錢。

「好的，我確實收到款項了。」

櫃檯小姐用不敢相信的眼神看著桌上的錢和我。

「如此一來，這棟房子就屬於優奈小姐了。感謝您的購買。」

櫃檯小姐用抽搐的笑容將錢收進道具袋。

「對了，請問打掃的事情要怎麼處理呢？雖然需要另外收費。」

「反正房子比想像中還要乾淨，所以我會自己打掃的，不用麻煩了。」

「我明白了。如果還有什麼事，我很樂意幫忙，歡迎您拜訪商業公會。」

法姆低頭行禮，離開了房子。

「那麼，我要打掃這棟房子，妳們兩個人可以去街上散散步。」

「我要留下來幫忙。」

「我也要！」

聽到菲娜說的話，露依敏也舉起手，主動表示要幫忙。

「可以嗎？」

「嗯，因為優奈姊姊平常很照顧我。」

「而且，我們不好意思讓優奈小姐一個人打掃，自己卻跑去玩。」

兩人對我這麼說。

「謝謝妳們。既然這樣，那就拜託妳們了。」

我心懷感激地接受兩人的好意。

「好的。」

「我會努力的。」

我從熊熊箱裡取出整套打掃用具。

然後，為了防止衣服弄髒，我拿出圍裙，請兩人穿上。

「要從哪裡開始打掃呢？」

「我要先把灰塵弄到外面，幫我把窗戶打開吧。」

菲娜和露依敏聽從我的指示，打開所有的窗戶與門。

確認門窗都打開後，我用風魔法把地板和狹窄的縫隙中累積的灰塵集中起來，吹到房子外面。

「優奈小姐好厲害。」

「那麼，我也要處理一下別的房間，其他的打掃工作就拜託妳們了。」

「好的。」

「交給我們吧。」

菲娜和露依敏拿著抹布，開始打掃。

可是，只靠兩個人會花很多時間，所以我決定呼叫幫手。

我把熊熊玩偶手套舉向前方，召喚小熊化的熊緩與熊急。

「熊緩、熊急，你們去幫她們兩個吧。」

「熊緩和熊急會打掃嗎？」

「「咿～」」

雖然牠們自信滿滿地叫了一聲，但頂多只會擦地板而已。

我拿出抹布，熊緩與熊急便用前腳踩著抹布，用後腳往前走。

「好厲害，我也不能輸給牠們。」

「是，我也一樣。」

露依敏和菲娜拿著抹布，開始擦拭熊緩與熊急擦不到的窗戶和櫃子等地方。

我把這個房間交給兩人與兩熊，走到其他房間，同樣用風魔法把灰塵吹到屋外。

多虧有菲娜、露依敏、熊緩與熊急幫忙打掃，房子變得愈來愈乾淨。

然後，到了傍晚時分，打掃結束了。

「好累喔。」

「我的手好痠。」

「「咿～」」

菲娜和露依敏抱著熊緩與熊急，倒在地板上。

「就算已經打掃乾淨，也不可以坐在地板上喔。」

「「是～」」

兩人這麼回答，然後立刻站起來。

最後，我為了執行購買房子的目的，來到一樓的倉庫，並在最深處的牆邊設置了熊熊傳送門。

這樣就完成任務了。

「優奈姊姊，我們回去時要用這扇門嗎？」

「嗯～可能要看傑德先生他們怎麼決定吧。如果是分頭回去，我打算用它，但如果是一起回去就不能用了。」

「雖然能輕鬆回去是很好，但沒辦法騎著熊緩和熊急回去也很可惜呢。」

不過，我們也可以謊稱是為了送露依敏回精靈村落，所以要跟他們分頭行動。但到頭來，還是要看傑德先生他們怎麼決定。

「那麼，我們先去洗澡，把打掃時弄髒的身體洗乾淨再回去吧。」

我們在炎熱的天氣中打掃，所以兩人都流汗了。而且就算有穿圍裙，頭髮等地方還是會沾到灰塵。

我馬上使用眼前的熊熊傳送門，移動到精靈森林的熊熊屋。

我們脫下衣服，沖掉打掃時流的汗，把身體洗乾淨。

「熊緩也要把身體洗乾淨喔。」

「咿～」

「那我來幫熊急洗澡。」

「咿～」

露依敏替熊緩洗澡，菲娜替熊急洗澡。

所有人都把身體洗乾淨之後，踏進浴池裡。

「呼～好舒服喔。」

「對呀，一整天的疲勞都消除了。」

兩人用彷彿要融化的表情泡在浴池裡。

「今天真謝謝妳們兩個。」

「「咿～」」

我對菲娜和露依敏道謝，熊緩與熊急便發出抗議般的叫聲。

「抱歉，我也很感謝熊緩和熊急喔。」

「「咿～」」

牠們這次發出高興的叫聲。

「話說回來，能把房子打掃乾淨真是太好了。」

「反正我也不是要住，其實沒必要打掃得那麼乾淨的。」

兩人都打掃得非常仔細。

「看到髒掉的地方，我就是忍不住想清乾淨。」

「我也是，因為修莉常常弄髒房間，所以我會很在意。」

兩人都是很懂事的女孩子。

連我都想娶她們當老婆了。

然後，我們回到旅館，從傑德先生等人的口中聽說了考驗之門開啟的消息。

熊熊勇闖異世界 16

新發表章節

熊熊訂做夏季熊熊制服

「歡迎光臨。」

「謝謝惠顧。」

一走進店裡，我便看到孩子們以涼爽的表情向客人打招呼。

幾天前，我來到「熊熊的休憩小店」用餐的時候，孩子們正穿著熊熊制服工作。他們的額頭冒出汗水，臉頰也泛紅了。

現在的天氣還很炎熱。就算撇開這一點不說，廚房也有用來烘烤麵包或披薩的石窯，所以氣溫很高。看到孩子們如此悶熱的樣子，我說「你們可以脫掉熊熊制服，穿著涼爽的衣服工作」。

可是，孩子們拒絕了我的建議。

「要是不穿熊熊的衣服，那就不是熊熊的店了。」

「我想穿熊熊的衣服工作。」

沒有人願意把衣服脫掉。

「可是，如果大家熱到昏倒，莫琳小姐會擔心的。我當然也會擔心。」

聽到我這麼說，孩子們都啞口無言。

這樣一來，就好像我正在欺負孩子們似的。

「其實我也擔心他們會熱昏，所以有叫他們改穿涼爽一點的衣服。」

在旁邊聽見這段對話的莫琳小姐似乎也很擔心孩子們。

「雖然我有叫他們補充水分，或是讓他們休息……」

孩子們似乎不願意脫掉熊熊制服，莫琳小姐也拿他們沒辦法。

有沒有什麼好方法呢？

訂做夏季制服？

例如把上衣改成短袖，把頭部的兜帽去掉，改成熊耳髮箍之類的？

我這麼想像，卻覺得這家店可能會變得比現在還要奇怪。

「優奈姊姊？」

我陷入沉思，孩子們便一臉擔心地看著我。

真是的，我才要擔心你們呢。我把熊熊玩偶手套放到女孩的頭上。

看到孩子們的熊熊兜帽，我想起在沙漠遇到傑德先生一行人的時候，他們也穿著附有兜帽的斗篷。

傑德先生一行人穿的連帽斗篷縫著水魔石，可以紓解炎熱的感覺。

聽傑德先生解說這件事的時候，我明明想過要替孩子們訂做涼爽的衣服，卻完全忘記了。

就算說我忙著攻略金字塔，從沙漠回來之後又要馬上準備前往密利拉，也只是在找藉口罷了。

可是，現在立刻動工還不算太遲。

「嗯，我知道了。可是，我會訂做新的熊熊衣服，完成之後就要改穿新的衣服喔。」

「新的熊熊衣服？」

我留下疑惑的孩子們，前往曾經製作熊熊制服和泳衣的雪莉任職的裁縫店，找泰摩卡先生商量。

「做得出來喔。」

聽完我的要求的泰摩卡先生似乎知道降溫斗篷要怎麼製作。

據他所說，高階騎士的斗篷等衣物裡面都會附加魔石。騎士在炎熱的天氣也必須穿著斗篷，所以這似乎是很常見的處理方式。

騎士的確給人一種天氣再熱都穿著斗篷的印象。但冬天的時候披著斗篷，看起來反而很溫暖。

既然如此，使用火魔石的話，或許就能做出保暖的衣物了。

「可是，要讓水的涼意傳導出去，需要用到特別的魔力絲線。那種魔力絲線與普通的線不同，價格比較高。」

泰摩卡先生有些難以啟齒地這麼說。

這點小事不成問題。

「不用擔心錢的問題。」

孩子們熱昏才是問題。

而且要錢的話，我還有「熊熊的休憩小店」的營業額。

那是孩子們工作賺來的錢，當然可以用在孩子們身上。

「那麼，請問那種使用魔力絲線製成的衣服需要多久才能做好呢？」

如果花費的時間太久，那就失去意義了。

制服最少也需要六件。另外還要替涅琳與偶爾來幫忙的菲娜和修莉訂做。

「不，沒有必要從零開始做。只要縫在現有的衣服裡面就行了，不會花上太久的時間。」

據說有錢的騎士可能會從零開始訂做，但一般人只會縫在一部份的衣服上。

「光是如此，穿起來應該就夠涼了。」

只要能確實降溫，對我來說就沒有問題。

「那麼，可以拜託你嗎？」

泰摩卡先生沒有一絲不悅的表情，答應了我的委託。

可是，這樣一來就需要交出熊熊制服，所以我暫時回店裡一趟，把大家的備用制服蒐集起來。

我帶著熊熊制服回到裁縫店時，泰摩卡先生與雪莉已經開始準備動工了。

「那麼，雪莉，我們要在今天之內完成，加油吧。」

「好的。」

泰摩卡先生與雪莉兩人一起為熊熊制服縫上魔力絲線。

「雪莉，要縫的位置在這裡，小心一點。」

「好的。」

泰摩卡先生有時溫柔，有時嚴格地向雪莉傳授自己的技術與知識。

雖然他們還不是一家人，但我衷心希望他們總有一天能像根茲先生和菲娜一樣，成為真正的父女。

然後，泰摩卡先生與雪莉在傍晚之前便為所有的熊熊制服縫上魔力絲線，並裝上了水魔石。

隔天，我在開門營業之前就來到店裡。

不過，可能是我太晚來，孩子們早就已經開始準備迎接客人了。

「小朋友，你們今天就穿上這件衣服工作看看吧。」

我呼喚孩子們，把縫了水魔石的熊熊制服交給他們。

「這是什麼？」

「雖然外表看起來一樣，但穿上這件衣服會比較涼快。所以，天氣熱的時候就穿著它工作吧。」

「會比較涼快嗎？」

「嗯，所以，這樣你們就能穿著熊熊制服工作了。」

「真的嗎！」

收下熊熊制服的孩子們走進更衣室。

「來，我也有準備涅琳的份喔。」

「謝謝。」

涅琳也是穿著熊熊制服的其中一人。收下熊熊制服後，涅琳也走進更衣室。

然後，過了一陣子，換好熊熊制服的孩子們與涅琳從更衣室裡走了出來。

「優奈姊姊，我們換好衣服了。」

「換好之後，你們摸摸看胸口的魔石。」

孩子們按照我的指示，觸摸魔石。

光是看著孩子們的表情，我也不知道有沒有差別。

也許效果不會馬上顯現。

「總而言之，你們先這樣工作看看吧，應該不會再像昨天那麼熱了。」

聽到我這麼說，大家紛紛開始工作。

我總不能一直盯著大家看，所以我暫時回家，隔了一段時間再回去店裡。

然後，我從後門走進廚房。

孩子正在忙進忙出。

「優奈姊姊！」

「優奈姊姊。」

孩子們注意到我，向我跑來。

「怎麼樣？涼快嗎？」

「嗯，不會熱了。」

「感覺很涼快。」

孩子們帶著笑容回答。

我看著穿上熊熊制服的女孩子。

她的臉跟昨天不同，額頭上沒有汗珠，臉頰也不再泛紅了。

嗯，看來沒有問題。

「可是，如果會熱就要說喔。」

「嗯。」

「好。」

孩子們回到工作崗位上。

「優奈，謝謝妳。」

正在烤麵包的莫琳小姐向我搭話。

「孩子們都跟昨天不同，不會再露出疲勞的表情了。」

既然如此，訂做這些制服就值得了。

「莫琳小姐妳還好嗎？」

孩子們穿上特殊的熊熊制服，能夠涼快地工作，莫琳小姐卻穿著普通的衣服。

「謝謝妳替我擔心，但我沒事。我已經做這份工作好幾年了，這點熱度，我早就習慣了。」

可是，就算已經習慣，悶熱的感覺還是很不舒服。

炎熱的天氣還會再持續好一陣子。廚房經常烘烤麵包或海綿蛋糕等食物，也會用到火。

有必要處理悶熱的問題。

我向莫琳小姐提議在廚房裡裝設使用冰魔石製成的模擬冷氣機，她卻說「我可沒有那麼虛弱」。

但是，萬一莫琳小姐熱到昏倒就糟糕了，所以我還是決定裝設。至於是否要使用，我會交給莫琳小姐決定。

得知這件事的卡琳小姐希望店內也能裝設同樣的東西，但要是客人覺得很涼快而賴在店裡不走，那就傷腦筋了，所以我駁回了這個要求。

「既然會熱，卡琳小姐要不要也穿上熊熊制服？」

卡琳小姐跟我不同，長得很可愛，穿起來應該很適合。

可是，卡琳小姐說：「那樣太害臊了，我不要！」拒絕了我。

「卡琳表姊，我一開始也覺得很害臊，但只要穿一次就會習慣了。」

在旁邊聽到這段對話的涅琳看著自己的熊熊裝扮，這麼說道。

可是，涅琳說的話也有點道理。我一開始也覺得熊熊裝扮很丟臉，但已經慢慢習慣了。

我漸漸不再排斥穿著熊熊服裝走在克里莫尼亞。

「呵呵，這麼涼快，不穿可惜喔，卡琳表姊。」

卡琳小姐一臉羨慕地看著涅琳。

「嗚嗚，如果是在自己的房間裡穿……當作睡衣……」

她開始猶豫了。

對了，因為房間裡沒有冷氣機，晚上或許很熱。

幾天後，卡琳小姐偷偷拜託我給她熊熊制服作為睡衣，於是我又向泰摩卡先生訂做了。

其實不一定要做成熊熊制服的樣子，卡琳小姐卻好像沒有注意到這一點。

鐵匠　庫賽羅篇

我正要從外頭回到工作室的時候，看見熟悉的人物出現在店門口。他們是以前曾經委託我打造武器的冒險者——傑德一行人。

傑德他們帶著一群小孩。其中一個穿著黑色衣服的人物特別顯眼。那個人的身上穿著厚重的黑色衣服，頭上還有動物耳朵般的裝飾，屁股上甚至有看似尾巴的圓形物體。

我好奇地走過去，便聽見傑德等人對話的聲音。

「傑德先生，你們訂做祕銀之劍的打鐵舖很有名嗎？」

他們似乎正好談到了我。傑德的祕銀之劍是我打造的。那把劍做得相當成功。

「這個嘛，我也不知道。畢竟這座城市的鐵匠全都很優秀。」

傑德這麼回答，但我對這個答案不太滿意。

為了抱怨一兩句，我從傑德後方向他搭話了。

「這種時候應該說『最優秀』吧。」

「庫賽羅先生？」

我這麼一說，所有人便回過頭，露出驚訝的表情。

我並不認為自己是頂尖的鐵匠，也不打算這麼自稱。不過，就算是奉承，能聽到別人說自己是個優秀的鐵匠，我們鐵匠還是會感到高興。

傑德露出尷尬的表情，但我只不過是開玩笑罷了。

「傑德，好久不見了。我做的劍該不會斷了吧？」

「劍沒有斷啦。」

「話說回來，你身邊的小姑娘打扮得還真有趣。」

我笑了一下，將目光轉向令我感到好奇的人物。

從後面看不出來，其實穿著黑色衣服的人是個打扮成熊的女孩子。我第一次看到有人打扮成這個樣子。

這套服裝圓鼓鼓的，看起來很難活動。她的手上戴著像熊頭的手套，腳上還穿著熊掌般的大鞋子。

這個造型很難活動，應該也無法揮舞武器吧。

不過，這種打扮成熊的小姑娘大概不會揮劍，所以擔心這個也沒什麼意義。

因為鐵匠的職業病，我就是忍不住思考對方適合使用什麼樣的武器。

可是，我怎麼會覺得這個小姑娘會使用武器？

似乎是身為鐵匠的直覺告訴我，這個熊姑娘會使用武器。

呵呵，看來我的直覺有點失準了。

打扮成熊的小姑娘自稱優奈，似乎受過傑德的照顧。

「我叫庫賽羅，是個鐵匠。可惜傑德似乎不覺得我是最優秀的鐵匠。」

「庫賽羅先生……你在我心中是最優秀的。」

傑德開始說些討好我的話。

「哼！不必講什麼客套話。只要你珍惜我做的劍，那就夠了。」

這就是鐵匠最在乎的事。

聽到我這麼說，傑德和瑟妮雅珍惜地觸碰我做的武器。

一想到我做的武器能保護他們倆，甚至拯救其他人的性命，我這個鐵匠就感到心滿意足了。

而且，能看到他們活著來見我，就是最好的回報。

後來，我詢問傑德等人來到這裡的理由，原來是為了訂做托亞的劍。

於是我請所有人進到店內，談談詳細情形。

要是一直站在店門口，那就太引人注目了。

經過一番商談，我得知他們的目的是請我替托亞打造祕銀之劍。

我面有難色。

大約從一年前開始，我曾經特別關照某個新人冒險者。那個冒險者沒什麼錢，原本一直都是

使用我做的便宜刀劍。不過，他也在執行委託的過程中漸漸成長了。而我替他做了一把好武器。

然而，得到好武器的他以為自己的實力變強了，於是接下太過困難的委託，因失敗而喪命。恐怕是因為握有超出自身實力的武器，他才會誤判吧。

就像是小孩子拿到武器，誤以為自己很強一樣。

如果沒有買到超出自身實力的武器，他或許就不會勉強接下困難的委託了。

從此以後，我在打造好武器之前，都會先調查對方的實力。

托亞是個容易得意忘形的人。如果沒有傑德等人在，他恐怕會去做危險的事。

所以，如果托亞沒有足以運用祕銀之劍的實力，我就不打算替他做武器。

我決定測試托亞是否具有足以運用祕銀之劍的實力。

我帶著以前打造的祕銀之劍與兒子做的鈍劍，前往後院。

然後，我把兒子做的鈍劍插在地面上，再把祕銀之劍交給托亞。

「這是我兒子打的鈍劍。你用那把祕銀之劍來砍這把劍吧。如果你砍得斷，我就替你打造祕銀之劍。」

這是相當困難的事。

即便是我兒子做的鈍劍，材質也是鐵，並不是能輕易砍斷的東西。

不過，取得祕銀之劍的人可能會承接高階的委託，與表皮堅硬的魔物或穿著堅硬防具的敵人戰鬥。

況且，真正的敵人是會移動的。不過，這把插在地上的劍並不會動。

如果不能砍斷靜止的目標，就沒有資格運用祕銀之劍。

對於我說的話，托亞只回應了一句「我知道了」。

托亞握緊祕銀之劍，注視著插在地上的劍。

然後，他高舉祕銀之劍，揮砍下去。

速度和力道都很好。不過，可能是角度不對，插在地上的鈍劍飛了出去，掉落到地面上。

果然不行啊。

托亞拜託我再讓他試一次。

雖然我認為只會有同樣的結果，但還是答應了。

不出所料，結果還是一樣。

托亞開始挑起劍的毛病。我請傑德做了同樣的事，他便漂亮地砍斷了鈍劍。

看來他的實力並沒有退步。

我勸托亞放棄，但托亞不放棄，反而請我再給他一點時間。

也罷，如果練習了幾天還是砍不斷，托亞也會放棄吧。

我答應托亞的提議，他便帶著祕銀之劍離開了。

我正要收拾傑德砍斷的劍時，打扮成熊的小姑娘凝視著插在地上的劍。然後，她說自己也想試試托亞剛才做過的事。

這並不是能輕易辦到的事。想用劍砍斷插在地上的劍，如果沒有技術，就會像剛才的托亞一樣，只是把劍打飛而已。若是靠蠻力揮砍，鈍劍就會被打斷。這並不是一件簡單的事。角度、速度、力量，缺一不可。而熊姑娘說她想嘗試看看。

不只如此，就連在場的傑德和梅爾都說得好像熊姑娘真的辦得到。

難道她真的辦得到嗎？

可是，我說已經沒有祕銀之劍了，但傑德竟然說要把自己的劍借給她。

如果是借給同伴就算了，我沒想到傑德會把自己的劍借給這種小孩子。這也就表示傑德十分認同這個熊姑娘的實力。

熊姑娘一拿到傑德的劍便揮了幾下，動作就像是完全感受不到重量似的。

她到底是哪來的力量？竟然能揮舞這麼重的劍。傑德的劍又大又笨重，她卻揮得非常輕鬆。

難道她的體格非常健壯，只是被那套熊衣服遮住了嗎？

熊姑娘站到插在地上的劍前面。

怎麼回事？

她一擺出認真的表情，我便感覺到一股緊張的氣氛。

目光也無法離開她。

周圍徹底安靜下來的瞬間，小姑娘揮舞了手中的劍。

好快。我根本看不到她揮劍的動作。光是這一劍，我就知道這個熊姑娘有多厲害。如果沒有足夠的力量在揮舞後停止動作，就很難使用劍。初學者經常被劍的重量牽著鼻子走。她揮得那麼用力，就算無法停止劍的動作，順勢撞到地上也不奇怪。可是，熊姑娘用很快的速度揮舞笨重的劍，卻仍然能停止動作。

這表示她不會被劍擺布，能夠將劍運用自如。

但是，插在地上的劍既沒有飛出去，也沒有斷掉。

揮空了嗎？

不，這個距離不可能揮空。而且我也有看到劍穿透了劍的樣子。

熊姑娘用手上的劍輕戳插在地上的劍。於是，劍的上半段就這麼掉落到地面上。

我不禁懷疑自己的眼睛。劍斷了，而且是無聲地斷掉。這種事情可不是碰巧就能辦到的。

我的手臂起了雞皮疙瘩。

這個熊姑娘到底是何方神聖？

熊姑娘並沒有驕傲，而是說「只是因為傑德先生的劍很好啦」。傑德的劍是我做的，所以這番話讓我很高興。如果小姑娘請我替她打造祕銀之劍，我應該不會拒絕。

姑且不論裝扮，她確實很有實力。

後記

我是くまなの。感謝您拿起《熊熊勇闖異世界》第十六集。

本集出版的時候，應該是動畫即將開始播放的時候（註：此指日本出版時間）。

接到動畫化的洽詢彷彿已經是很久以前的事，時間卻在轉眼之間就過去了。歲月的流逝真是快速呢。

當時，我原本打算把動畫相關的事情都交給導演決定，但導演希望身為原作者的我能夠盡量參與，所以我也在自己的能力範圍之內出了一份力。

在參與的過程中，我得知有許多人都正在為熊熊而努力，讓我有了非常難得的經驗。

以導演為中心的劇本作家、製作動畫的EMT Squared、替熊熊宣傳的業務人員、為角色賦予聲音的聲優、音效監督、製作音樂的工作人員，以及統整一切事務的角川的K製作人……在我所不知道的地方，應該還有許多人也付出了心力。

在這些人的努力之下，《熊熊勇闖異世界》的動畫作品誕生了。如果沒有參加動畫的製作過程，有許多事情是我絕對不會知道的。

能夠得到如此寶貴的經驗，我對各位有說不完的感謝。

我不知道讀者拿起這本書的時機會是在動畫播放之前還是播放之後，但非常感謝各位願意閱讀熊熊這部作品。

書籍版的熊熊還會繼續推出，請各位今後也多多關照。

最後我要感謝在出版過程中盡心盡力的各位同仁。

感謝０２９老師總是替這部作品繪製漂亮的插畫，並回應各式各樣的要求。

感謝編輯總是包容我的錯誤。另外還有參與《熊熊勇闖異世界》第十六集出版過程的諸多人士，感謝你們的幫助。

感謝閱讀本書至此的各位讀者。

那麼，衷心期待能在第十七集再次相見。

二〇二〇年九月吉日　くまなの

倖存鍊金術師的城市慢活記 1~5 待續

Kadokawa Fantastic Novels

作者：のの原兎太　插畫：ox

橫亙兩百年時光交織而成的鍊金術奇幻作品，迎來令人感動的高潮發展!!

迷宮吞噬了「精靈」安妲爾吉亞，正逐漸地取代祂成為地脈主人。萊恩哈特率領迷宮討伐軍菁英，偕同吉克與瑪莉艾拉，為了守護這個深愛的城市與人們──將與「迷宮主人」正面交鋒!!

各 NT$260~300/HK$87~98

你喜歡的不是女兒而是我!? 1~3 待續

Kadokawa Fantastic Novels

作者：望公太　插畫：ぎうにう

笨拙的愛情攻防戰逐漸激烈失控！
超純愛愛情喜劇第三彈！

自從住在隔壁的左澤巧向我告白以來，彼此間的距離便急速拉近。沒想到女兒美羽居然向我宣戰……究竟由誰來和阿巧交往？一決勝負的舞台，是三人同行的南國之旅——泳裝對決及房間的家庭浴池。雖然不知道美羽有何意圖，但我也不能就此袖手旁觀——

各 **NT$220/HK$73**

神童勇者的女僕都是漂亮大姊姊!? 1~4 待續

Kadokawa Fantastic Novels

作者：望公太　插畫：ぴょん吉

值得記念的第一屆
「挑選主人的服飾大賽」開始嘍！

席恩偶然獲得未知的聖劍，宅邸內卻因牌局和Ａ書騷動，依舊鬧得不可開交。在女僕們「挑選最適合席恩的服飾大賽」結束後，一行人出發調查某個溫泉，並受託解決溫泉觀光地化面臨的問題，沒想到那裡竟是強悍魔獸的住處……令人會心一笑的第四彈！

各 NT$200/HK$67

刮掉鬍子的我與撿到的女高中生 Each Stories

Kadokawa Fantastic Novels

作者：しめさば　插畫：ぶーた

「沙優，話說妳果然很會做菜耶。」
「啊，是……是嗎？」

　　從荷包蛋的吃法，吉田和沙優窺見了彼此不認識的一面；要跟意中人去看電影，三島打扮起來也特別有勁；神田忽然邀吉田到遊樂園約會……這是蹺家ＪＫ與上班族吉田的溫馨生活，以及圍繞在兩人身邊的「她們」各於日常中寫下的一頁。

NT$220/HK$73

繼母的拖油瓶是我的前女友 1~6 待續

Kadokawa Fantastic Novels

作者：紙城境介　插畫：たかやKi

「我問妳。『喜歡』究竟是什麼？」
前情侶面對彼此情感的文化祭篇！

時值初秋，水斗與結女同時被選為校慶文化祭的執行委員……隨著兩人獨處的時間變長，水斗試著確認夏日祭典那個吻的意義，結女則想讓水斗察覺到她的感情。兩人一邊互相刺探，一邊迎接校慶日的到來——

各 **NT$220~250/HK$73~83**

嬌羞俏夢魔的得意表情真可愛 1~3 待續

Kadokawa Fantastic Novels

作者：旭蓑雄　插畫：なたーしゃ

有男性恐懼症的夢魔vs.反戀愛主義的人格缺陷者
無法老實的兩人，打情罵俏的戀愛喜劇。

夜美和愛上人類男性的夢魔朋友組成戀愛同盟，策劃對心上人設下愛情陷阱。這時，夢魔界以調查夜美和阿康的關係為名，提出了溫泉旅行的邀請。儘管阿康覺得這種擺明有內幕的發展很可疑，但夜美積極的進攻還是讓他慌亂不已……

各 NT$200/HK$67

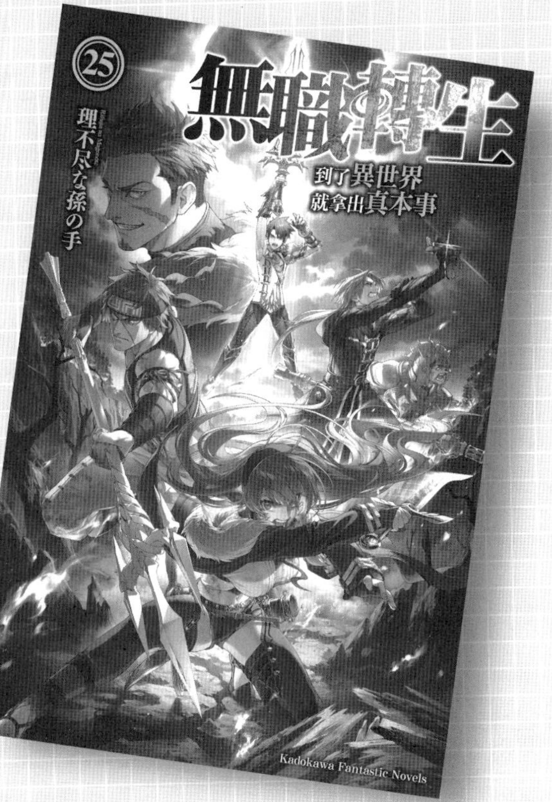

無職轉生～到了異世界就拿出真本事～ 1~25 待續

Kadokawa Fantastic Novels

作者：理不尽な孫の手　插畫：シロタカ

世界最強級別的戰力！
賭上魯迪烏斯等人命運的分歧點之戰！

各地的通訊石板與轉移魔法陣皆失去功能，魯迪烏斯與伙伴們集結在斯佩路德族的村子。狀況正如基斯所策劃，畢黑利爾王國的討伐隊逼近斯佩路德族的村子。而北神卡爾曼三世、前劍神加爾·法利昂及鬼神馬爾塔三人也隨著討伐隊一起出現——

各 **NT$250~270/HK$75~90**

間諜教室 1～4 待續

Kadokawa Fantastic Novels

作者：竹町　插畫：トマリ

位處絕望深淵時，
眾所期待的英雄將會現身！

　　克勞斯打倒的冷酷無情間諜殺手「屍」招認吐實，「燈火」終於揪住來歷不明的帝國組織「蛇」的尾巴。揭發其真面目，來到敵人的巢穴。然而被賦予指揮任務之職的緹雅卻喪失了身為間諜的自信心——

各 NT$220~240/HK$73~80

國家圖書館出版品預行編目資料

熊熊勇闖異世界/くまなの作；王怡山譯. -- 初版
. -- 臺北市：臺灣角川股份有限公司, 2022.02-
冊；　公分. -- (Kadokawa fantastic novels)
譯自：くま クマ 熊 ベアー
ISBN 978-626-321-210-7(第15冊：平裝). --
ISBN 978-626-321-521-4(第16冊：平裝)

861.57　　　　110021308

Kadokawa
Fantastic
Novels

熊熊勇闖異世界 16

（原著名：くま クマ 熊 ベアー 16）

2022年6月27日　初版第1刷發行

作　者：くまなの
插　畫：029
譯　者：王怡山

發行人：岩崎剛人
總編輯：蔡佩芬
編　輯：邱瓈萱
美術設計：黃永漢
印　務：李明修（主任）、張加恩（主任）、張凱棋

發行所：台灣角川股份有限公司
地　址：104台北市中山區松江路223號3樓
電　話：（02）2515-3000
傳　真：（02）2515-0033
網　址：www.kadokawa.com.tw
劃撥帳戶：台灣角川股份有限公司
劃撥帳號：19487412
法律顧問：有澤法律事務所
製　版：尚騰印刷事業有限公司
ISBN：978-626-321-521-4